愛し子がつなぐ再会愛

ルイーザ・ジョージ 作

神鳥奈穂子 訳

ハーレクイン・イマージュ

東京・ロンドン・トロント・パリ・ニューヨーク・アムステルダム
ハンブルク・ストックホルム・ミラノ・シドニー・マドリッド・ワルシャワ
ブダペスト・リオデジャネイロ・ルクセンブルク・フリブール・ムンバイ

REUNITED BY THEIR SECRET SON

by Louisa George

Published by Harlequin Japan,
a Division of K.K. HarperCollins Japan, 2024

ルイーザ・ジョージ

RITA 賞にノミネートされたほか、ニュージーランドの読者によって選ばれる Koru 賞において 2014 年度と 2016 年度の最優秀賞に輝いた。2017 年には HOLT メダリオン賞も受賞。作家であると同時に熱心な読書家でもある。執筆の合間に看護師の訓練を受けたのをきっかけに医師と結婚。2 人の息子を授かった。著作は世界で 12 カ国語に翻訳されている。オークランド在住。

主要登場人物

ソフィー・ハーディング……保健師。
ラクラン……ソフィーの息子。愛称ラキー。
ハンナ……ソフィーの親友。
エレイン……ラクランの保育園の園長。
イブリン……ソフィーが勤めるクリニックの受付係。
フィン・ベアード……理学療法士。
カルム……フィンの兄。愛称カル。
ロス・アンドルーズ……フィンの上司。
ビリー……アルコール依存症の男性。
ジャッキー……ビリーの妻。

1

フィン・ベアードは遅刻していた。

これまで仕事に遅れたことは一度もなかった。常に時間に余裕を持って運転し、早めに職場に到着するようにしてきたからだ。まずボスに好印象を与え、仕事に取りかかる心の準備をするために。そして何より、始業前に脚の調子を整えるために。

今朝は、義肢の調整に思っていた以上に時間がかかってしまった。そのうえ脚がひどく痛む。

腹立たしいことこのうえなかった。ただでさえ気が急《せ》いていらだっているのに、急げば急ぐほど歩くスピードが遅くなる気がする。

小児専門の理学療法士として、セント・マーガレット子ども病院に職を得て二カ月になる。その間フィンはずっと、持てる時間のすべてを患者に注いできた。手脚を曲げたり伸ばしたりといった、痛みをともなううえ退屈きわまりない反復訓練をする間、フィンは努めて子どもたちを笑わせ、頑張れば何でもできるようになると思わせるようにしてきた。フィン以上に大きなハンディキャップを負った子どもたちも、笑顔で頑張って応えてくれた。

僕も彼らを見習わなければ。

フィンは痛みをこらえて笑みを浮かべ、病院の受付エリアへと急いだ。フィンがちょうど受付に着いたタイミングで、上司のロスも出勤してきた。ロスはフィンが遅れていることには言及しなかった。

いくら脚が悪いからといって、こんな特別待遇は受けたくない。「遅くなってすみません。二度と遅刻しないように気をつけます」

「おはよう、フィン。気に病む必要はないよ」理学療法科長のロス・アンドルーズはそう言って、受付のデスクに書類ホルダーの束を放り投げた。「君は誰よりも遅くまで仕事をしているんだから」

残業するのは、この仕事を全うしたいからだし、何をするにも以前より時間がかかるからだ。「きちんと仕事をしたいだけです」

「君は問題なくやってくれているよ。だから、ほんの数分の遅刻は帳消しだ。それはそうと、昨日、市民マラソンに出場した後遺症は出ていないか？　僕はどうも背中の筋肉を傷めたらしい」ロスは背中のくぼみにてのひらを当て、背筋を伸ばした。

「ちょっと見てみましょうか？」

「あとで時間があったら頼む。それにしても、君のタイムもなかなかすばらしかったな」

時間は刻々と過ぎていたが、上司が相手では、雑談を打ち切って診察室へ急ぐわけにもいかない。フィンは深呼吸を一つして、今日はいつもの二倍、能率よく動こうと自分に言い聞かせた。

「正直なところ、僕のタイムはひどいものでしたよ」かつては十六キロのコースを一時間足らずで完走できた。今回はその半分の距離を、ほぼ同じタイムでゴールした。とはいえ完走できたのは幸運でしかない。フィンはこわばって痛む左腿をさすったが、どこよりも痛いのは、切断面を縫合した傷痕があり、義肢との摩擦が最も激しい膝のすぐ下だった。「転ばずに完走できたのが何よりでした。来年はもっといいタイムを目指しますよ」

「焦らなくてもスピードは上がる。もう少し強い動機づけがあればいいんだ。意味はわかるだろう？」

フィンの口もとがほころんだ。フィンの倍の距離を走ったロスが、最後の直線でフィンを追い抜き、新妻グレタの胸に飛び込んだのを思い出したからだ。

「ゴールで待っていてくれる特別な誰かってことですか？　そういう相手が見つかるまでには、まだまだ時間がかかりそうです」

ロスは声をあげて笑った。「特別な誰かは自分から行動しないと見つからないぞ。実はグレタの妹がダブルデートをしたがっているんだ」

やれやれ。デートのお膳立てなら願い下げだ。プライベートで上司と親しくなったことをフィンは後悔し始めていた。ロスとグレタだけではない。ニュージーランドにいる兄のカルムとその妻も、機会があるごとにフィンに恋人を見つけろとほのめかしてくる。しかし彼らの誰一人として、フィンの抱える問題をわかっていない。片脚を失ったことをフィン自身ですら受け入れかねているのに、相手の女性が受け入れられるはずがないということを。「ありがとうございます、でもけっこうです」

ロスはあきらめなかった。「ピラティス・インストラクターのジュリアは美人だったし、カフェのモリー・レイだって間違いなく君に気があったのに」

フィンは礼儀を失するまいと、必死で笑みを作った。「本当にけっこうですから」

「毎週火曜日には、パブでマッチング・ナイトが開かれる」ロスは肩をすくめた。「出会いの手段としては野暮だが、私もグレタに会う前は何度か通ったものだ。グレタに出会ったのは、知ってのとおり〈サルサの夕べ〉で――」ロスはフィンの脚に目を向け、また肩をすくめた。「まあ、走れるのならダンスだってできるだろう」

ひたすら前に足を進めることに比べたら、ダンスがどれほど複雑な動きをすることか。「残念ですが、今は誰とも交際するつもりはありません。どうかグレタによろしくお伝えください」

その言葉は自分の耳にも空虚に響いた。だがこれが現実だ。フィンも事故で脚を失う前は、恵まれたルックスと五体満足な体を当然のものと考え、美女との逢瀬《おうせ》を楽しんできた。フィンとめくるめく一夜を楽しみたいという女性はいくらでもいた。

かつて関係を持った相手の記憶は、今ではぼんやりとしか残っていない――ただ一人を除いて。

「もし気が変わったら、真っ先にあなたに知らせますよ」

「まあ、私も若いころは一人が身軽でいいと思っていたからな。でもどんな人間にも、身を固めて真面目に生きるべきときが来る」

「今の僕は目の前の仕事だけで手一杯ですよ」フィンは笑って話題を変えた。仕事なら〝可能なこと〟だけを考えていればいい。脚のないフィンを愛してくれて、ともに未来を歩んでくれるような女性を見つけるという〝不可能なこと〟ではなく。「今日は誰の予約が入っていますか？」

「君の前任者から引き継いだ定期検診が何人かと、よそから紹介されて来た新しい患者だ。それほど難しい症例はない。君はよくやっている。慌てなくても彼らはわかってくれるよ」ロスは再び意味ありげにフィンの左脚に目をやった。

「僕としては、脚が話題に上らないほうがいいんですが」朝一番の患者のデータを見ようと受付のコンピューターに向きなおった拍子に、フィンは義肢の中で脚をひねってしまった。焼けつくような痛みが膝を駆け抜け、フィンははっと息をのみ、歯を食いしばって痛みが引くのを待った。

「大丈夫かい？　座ったらどうだ？」ロスがすかさず手を伸ばしてフィンを支え、心配そうに顔をのぞき込んでくる。

忌々しい。今一番要らないのは、保護者ぶって世話を焼こうとする人間だ。ただでさえ兄には過保護なほど心配されているというのに。

心機一転エジンバラへ引っ越し、この病院に就職したのは、過去を乗り越え、ごく普通の暮らしを送るためだ。善意とわかっていても、何かにつけ気遣われ、特別扱いされるのは嬉《うれ》しくなかった。

フィンは十まで数え、痛みが治まるのを待った。

「大丈夫です。義肢になって二年以上経《た》つのに、つい忘れてしまうものですね。仕事にかかります」

四時間が過ぎたが、脚の具合もフィンの気分も少しもよくなっていなかった。午前の診察が終わったので、カルテの記入さえすませたら、ドアに鍵をかけ、義肢とシリコンのライナーを外して、つかの間の休息を取ることができる。

そのとき、待合室からちょっとしたやり取りが聞こえてきた。

柔らかな女性の声が、申し訳なさそうに訴えている。「遅れてしまって本当に申し訳ありません。ラキーがかんしゃくを起こして、家を出るのに手間取ったんです。まだ一歳六カ月なのに、もう魔の二歳児になってしまったみたいで。しかも駐車スペースが見つからなかったうえに、ベビーカーの車輪の調子もおかしくて時間がかかってしまいました」

受付係のため息に続き、再び女性の声が聞こえた。

「お忙しいのはわかっています。診ていただけるなら、どれほど待たされてもかまいません」

ここの受付係はルールにうるさいことで有名だった。「残念ながら今日は予約でいっぱいですので、お待ちいただいても無理かと思います。あらためてラキー君の予約をお取りしましょうか」

「どうしても今日診ていただく必要があるんです。勝手な言い分なのはわかっています。でも今日のために有給を使ってしまって、もう有給がほとんど残っていないんです」女性は切々と訴えた。「問題は矯正用のブーツなんです。擦れるのが嫌なのか、なかなか着けてくれないんです。今朝のかんしゃくもそれが原因でした」間があった。「お願いです」

フィンは左の膝を伸ばした。装具が擦れる痛みも、痛いのが嫌で装着したくない気持ちも、身をもって知っている。大の大人でさえ受け入れ難いのに、一歳六カ月の子どもならなおさらだ。フィンは受付係のパソコンに大急ぎでメールを送った。

〈僕が診よう。カルテを書き終わるまで数分待ってもらってくれ〉

すぐに返事が返ってきた。

〈助かります。善行を行った先生に天の恵みがありますように〉

「理学療法士の一人が、昼食の時間を犠牲にして診てくれるそうです。座ってお待ちください」

「本当にありがとうございます。ラキー、すぐに先生が診てくださるって」

診察室を出て、待合室で子どもに本を読んでやっている母親の姿を見たとたん、フィンは驚きのあまり言葉を失った。心臓が肋骨《ろっこつ》にぶつかりそうな勢いで打ち始める。柔らかく歌うような口調に、穏やかな物腰。肩に流れる黒い髪と、象牙色の肌。

古い映画のフィルムを巻き戻すように、あの夜の記憶がよみがえった。枕に広がる黒い髪。熱を宿したキャラメル色の瞳。甘い唇。悲しみをこらえる笑い声。

一夜きりの相手。

もうずいぶん前のことだ。

フィンははっとわれに返った。僕はもうあのときの僕ではない。それだけは覚えておかなければ。フィンは咳払《せきばら》いすると、カルテで患者の名前を確認した。「ラクラン・ハーディング？」

「はい、そうです——えっ？」相手の女性は面食らって凍りついた。一瞬その目に恐怖がよぎったように見えた。「フィン？　まさかあなたなの？」

その声に温かみは感じられなかった。唇は一文字に引き結ばれている。相変わらず化粧っ気はないが、彼女ははっとするほど美しかった。あの夜二人で分かち合っためくるめく悦《よろこ》びを思い出し、フィンの下腹部がこわばった。

やがて彼女はためらいがちな笑みを浮かべつつ、子どもを抱き寄せると、少し震える声で続けた。

「驚いたわ、フィン。こんなところで会うなんて」

「やあ、ソフィー。本当に久しぶりだな」あのあと何があったのか、約束したのになぜ連絡できなかったのか、説明するべきことはたくさんある。けれど、それを弁明するのに診察室は場違いに思えた。それにソフィーには子どもがいる。僕と過ごした一夜など、彼女にはすでに過去のことに違いない。ちらりとソフィーの左手に目をやると、結婚指輪ははめていなかった。とはいえ昨今は、指輪の有無では何もわからない。結婚していなくても、パートナーと幸せに暮らしている可能性だってある。

なぜソフィーの婚姻関係が気になるのか、自分でもわからなかった。二年あまり一度も連絡しなかったのだから、詮索する権利もないはずなのに。

「世間は狭いな」フィンはビジネスライクな態度を心がけ、思い出にふけるまいと努めた。今の僕はあのときの僕とは違う。それでも、左脚がいつもより震えているのに気がつかずにはいられなかった。それどころか、全身が震えている気がする。驚いたせいだとフィンは自分に言い聞かせた。そして、ソフィーの前でふらついたり足を引きずったりしないよう、必死で気持ちを引き締めた。どういうわけか、ソフィーに五体満足と思われることが大事に思えた。

「さて、診察室へどうぞ」

天の恵みだって？　あり得ない。ソフィーがこちらを見る目つきを見れば、神様はランチ休憩中で、フィンの善行など見てもいないのは明らかだ。

ソフィーは口に手を当て、フィンのあとについて診察室に入った。胸では心臓が暴れ、頭では疑問がいくつも渦巻いていたが、できるだけ平静を装った。フィン。私は彼の姓さえ知らなかった。ソフィーは名札に目をやった。フィン・ベアード。二年あまり前にこれがわかっていれば、どれほど役に立ったことだろう。

これだけ時が経ち、これだけ苦労したあとで、こんな近くで再会するなんて信じられなかった。ソフィーは呆然《ぼうぜん》とフィンを見つめた。彼を罵りたかった。拳で彼の胸を叩《たた》きたかった。どこで何をしていたのか問いただしたかった。けれどソフィーは黙って微笑《ほほえ》み、彼女がホテルの部屋を出たとたん、彼女のことなど忘れてしまったに違いない男性との再会など、たいしたことではない顔を装った。

診察室で一番大事な人間はラキーだ。だから約束を破られた過去になど、かまってはいられない。

「この子がラキー。一歳六カ月よ。先天性内反足で、ポンセッティ法による治療を受けたあと、今は夜の間だけ、足を外向きに固定する矯正ブーツを着けているわ」ソフィーは言葉を切り、内心の動揺をこらえて続けた。「診察を引き受けてくれてありがとう。ロスとの予約に間に合わなくて、本当に申し訳ないわ」

「ロスなら町はずれの会合に出ている。それがなければ、君が来るまで待っていたと思うよ」

フィンがラキーのカルテから目を上げ、ソフィーと目を合わせた。コバルトブルーの瞳からは何を考えているか読み取れない。けれどラキーに特別な関心を見せていない様子からして、まだ何もわかっていないに違いない。

「すると、今日は定期検診なんだな。ラキーは装具と仲よくできているかい？」

「残念ながら、仲は悪いわ」ソフィーは息子を診察ベッドに座らせ、くすぐってやった。こうするとまず間違いなく笑顔になる。今ここで、またかんしゃくを起こされるわけにはいかない。できることなら、予約時間に間に合うよう朝からやりしたかった。

「あなたは本当に気難しいものねえ、ミスター・モンスター？」

ラキーはけらけらと楽しそうに笑った。目を上げると、フィンがこちらを見つめていた。日にちを逆算しているのだろうか？

ソフィーの心臓がきゅっと締めつけられた。息子を守らなければと、ラキーに腕を回して抱き寄せる。けれどフィンは、目の前の事実にまったく気がついていないようだった。「受付で有給がどうのと言っていたが、君は今でも働いているのかい？　たしか保健師だか、看護師だったよね」

少なくともそれは覚えていてくれたのだ。他に何か覚えていることはあるだろうか？「ええ。今はキャンベル・ストリート・クリニックで保健師として働いているわ」

「夜勤なしの九時から五時の仕事かい？」

「朝の八時から夜の八時までのことが多いわね。でもまあ、昼の仕事よ」

「仕事は好き？」

フィンは何が訊《き》きたいのだろう？　私の今の生活が、彼にとってどんな意味があるというの？

本来話すべき話題ではなく、こんな些細《ささい》なことを話しているのが信じられなかった。でもラキーの前で、あのときのことを話すわけにはいかない。「あなたの時間を無駄にしては申し訳ないから、話を進めましょう。経過はカルテに書いてあるはずだけれど、私がかいつまんで話すほうが早いわね。ラキーは足をまっすぐにするために、まずギプスによる矯正処置を八回、さらにアキレス腱《けん》を伸ばす手術を受けたわ。今は、夜寝るときと昼寝のときだけ、矯正ブーツで足を固定しているの」ソフィーはバッグから厄介な装具を取り出した。「ラキーはこれが大嫌いなの」

フィンはうなずいた。ソフィーの話にいらだっていたとしても、表情には現れていない。フィンはラキーに微笑みかけた。「君がミスター・モンスターかい？　かっこいい名前だね。たいていの人間は〝フィン〟みたいな退屈な名前なんだ。そう、フィンっていうのは僕の名前さ」フィンはラキーに手を差し出した。ラキーはコバルトブルーの目を大きく見開いて、フィンを見上げた。「握手は嫌かな？　じゃあハイタッチは？　ほら、こんなふうに上げて、下げて」フィンは手を上げ、次に下げ、最後にラキーの小さな手とてのひらを合わせた。「その調子だ。君は頭がいいな」フィンはラキーの足を見下ろした。「君の足を見せてくれるかい？　自分で靴を脱げるかな？　すごい、とても上手だ」

満面の笑みでラキーが運動靴のマジックテープを外すのを見て、ソフィーの胸に誇らしさがこみ上げた。ラキーは次に、靴をサイドワゴンに打ちつけ、ぴかっと光らせた。「ひかる」

「すごい」フィンはいたく感心した顔を見せた。「まるでヒーローみたいだ」

フィンは診察ベッドに軽く腰を預け、右足で床を踏みしめた。わずかによろけてワゴンにつかまり、ちらりとソフィーを見てからラキーに目を戻した。

なんとなく妙な感じだった。

よろけたことに私が気づいたかどうか、たしかめたかったのだろうか。それとも、私が診察を見守っているかどうか知りたかったのだろうか。医療関係者の中には、比較されるのが嫌で、他のスタッフの担当患者を診るのを怖がる者もいる。

フィンは肩をすくめた。「見たかい？　僕の靴は光らないんだ。僕もそんな靴が欲しいな。でも君のその光る靴は、昼の冒険用なんだ。そして――」フィンは矯正ブーツを手に取り、ラキーに見せた。

「これが夜の冒険用の靴だ。うん、君が嫌いなのはわかっているよ。でももしこれを履き続けたら、君にはスーパーヒーローのパワーがもっとたまる。さて、君の足を見せてもらおうか。すごい、指がちゃんと十本あるじゃないか」

「赤くなっているのが見える？」割り込むのは無作法に思えたが、このままでは息が詰まりそうだった。息子を誇らしく思う気持ちと、悲しみと怒りとが胸で混じり合った。「踵《かかと》の後ろよ」

「たしかに少し赤くなっているな。でもブーツのサイズはちょうどよさそうだ。ワセリンを塗ったことは？　それでましになることもある」

「ええ、試してみたわ。でもブーツを履かせようとすると、ラキーは嫌がってすごく暴れるの。履きかけたブーツを脱ごうとするから、そのときに踵が擦れるんだと思うわ」

フィンはうなずいた。「なるほど。極薄のばんそうこうを処方しておこう。いくらかましになると思う。それから、誰か手伝ってくれる人がいたら、ブーツを履かせるのが楽になるはずだ」

「そういうことなら、残念ながら親子で何とかするしかないわ」フィンに言いたくはなかったが、これが真実だ。愛する祖母はフィンと会う前に亡くなっているし、両親とは二十年このかた、いっしょに暮らしたこともない。シングルマザーとして仕事と育児に忙しかったから、新しい恋人を作る余裕もなかった。「私たちは二人家族だから」

フィンがぱっと顔を上げた。「そうだったのか。いいかい、ミスター・モンスター。ママが夜、君にブーツを履かせてくれるとき、いい子でじっとしていられるかい？」

　ラキーはうなずいた。

「いい子の君にスーパーヒーローのシールをあげよう。君がお利口にブーツを履けたら、好きなシールをブーツに貼っていいぞ。そうしたら、スーパーヒーローの君にぴったりのブーツになる」

「うん」ラキーはうなずいて笑った。「シール」

「その……ありがとう、フィン。とてもいいアイディアね。試してみるわ」

　信じられない。このところソフィーが何を言おうが何をしようが、ラキーにブーツを履かせるのは一苦労で、毎晩のようにバトルが続いていたのに。フィンが一言言っただけで、ラキーは素直にうなずいている。

　たしかに育児を手伝ってくれる人がいれば、日々の生活はずっと楽になっていただろう。妊娠中も、出産するときも、ラキーの治療のための通院だって。両親が揃《そろ》っていれば、問題を話し合うことができるし、不安やストレスも減る。すべてのスケジュールをソフィー一人で調整する代わりに、二人で分担することができる。ラキーを愛する人間も二人になる。

　ソフィーは唇を固く結び、悪態が口からこぼれるのを防いだ。少なくともフィンは自分の時間を割いてラキーを診察してくれた。根っからの悪人とは思えない。

　ラキーがなかなか眠ってくれない夜や、最近ではかんしゃくを起こされたときに、何もかもフィンが悪いのだと考えたことは何度もあるけれど。

　フィンはラキーににっこり笑いかけた。「そのまま裸足《はだし》で、歩いて見せてくれるかい？」

「ラキーは一歳二カ月で歩き始めたの。他の成長段階の目安もすべて順調にクリアしているわ。内反足の治療はできるだけ早く始めたし、装具もしっかりつけるようにしてきた。保育所のスタッフにも、お昼寝のときにブーツを履かせてもらうよう頼んである」ソフィーは、足を正しい角度に保つために、息子が短い人生の半分以上にわたり装着してきた矯正ブーツを見やった。これまでのけっして順調ではなかった道のりを思うと、再び胸がきゅっと締めつけられた。

「効果は出ているよ。ほら、ラキーの両足は期待どおり、わずかに外へ開いているじゃないか」なるほど、フィンが十分な専門知識を持ち合わせているのは認めざるを得ない。フィンはラキーを床に下ろすと、突き当たりの壁まで歩いていった。

妙だ。どうもフィンは左脚をかばっているように見える。あの夜は、こんなふうに足を引きずったりはしていなかった。ラグビー選手だと言っていたから、試合でけがでもしたのだろうか。たしかにソフィーがあの夜堪能したのは、たくましいアスリートの肉体だった。今あらためて観察すると、動きこそわずかにぎこちないものの、フィンの体からは本格的なトレーニングの成果が見てとれた。紺色のポロシャツにたくましい胸板の輪郭が浮かび上がっているし、半袖も二頭筋ではちきれそうだ。鍛え上げた腰が黒いスラックスに包まれている。ホテルで彼と過ごした一夜のあれこれを――いかにフィンがゆっくりソフィーの服を脱がせ、うやうやしく愛撫《あいぶ》してくれたかを思い出し、ソフィーの下腹部が切なくうずいた。

ソフィーはごくりと唾をのみ、めったに感じない官能の高ぶりをふり払った。こんなことを考えてはいけない。フィンは私を、そして息子のラキーを捨てたのだ。

ソフィーはシンプルな事実だけを評価することにした。フィンは体を鍛えることに熱心な人間、それだけだ。あのとき聞いたのは、彼は理学療法を学んでいる学生で、どこかのチームでラグビーをプレイしているという話だけだ。

彼のことをわかっているつもりだった。でも、何も知らないに等しかった。あのとき、私は彼に好感を抱いた。とても。そして私たちは相性がよかった。少なくともソフィーはそう思っていた。

でも、そうではなかった。フィンは電話すると言ったくせに、連絡してくれなかった。ソフィーは彼を探そうと思ったが、名字のわからない人間を探すのは困難をきわめた。ソフィーはグーグルで検索した。ソーシャルメディアをしらみつぶしに調べた。スコットランドで理学療法を学べる大学をチェックしさえした。けれどフィンの消息は杳《よう》として知れなかった。結局、ソフィーはあきらめざるを得なかった。フィンは私のことなど本当は知りたくなかったのだ。私の子どものことも。

彼の子どもでもあるのに。

2

〝私たちは二人家族だから〟

昨日の診察以来、ソフィーの言葉が何度もフィンの頭によみがえった。彼女は結婚もしていなければ、パートナーもいないらしい。フィンはソフィーを思い出すたび、彼女は独身なのだと舞い上がり、すぐに自分の置かれた現実に打ちのめされた。

その一方でラキーのことが、上手くはまらないパズルのピースのように心に引っかかっていた。はっきりとどことは言えないものの、ソフィーの態度に違和感があった。診察が終わるなり、そそくさと帰っていったし、常に息子から離れなかった。まるでフィンを息子に近づけまいとするように。

　フィンは首をふり、パソコンにラキーの名前を打ち込んで、カルテを呼び出した。

「そろそろ仕事はお終《しま》いにしたらどうだ？　もう六時を過ぎたぞ」ドア口にコートを着たロスが現れた。「一杯飲みに行かないか？　グレタも来るし、ここのスタッフも何人か合流する予定なんだ」

「まさかブラインドデートじゃないでしょうね？」

「私がそんなことをすると思うかい？」ロスは怒ったふりをして胸に手を当てた。

「やりかねないと思っていますよ」

「今夜は君のそばに女性を近づけないと誓うよ。この間、スタッフで飲みに行ったときも、君は来なかったじゃないか」

　あのときは着任早々で、根掘り葉掘り事故のことを訊《き》かれたくなかったのだ。フィンはため息をついた。そろそろ同僚と仲よくなる頃合いだろう。「これだけ確認したら行きます」

　ロスは診察室に入ってきて、フィンの肩ごしにパソコンをのぞき込んだ。「何か問題でも？」

「いいえ。昨日、臨時に診察した患者のカルテをチェックしていただけです」

　ロスはディスプレイに目をやった。「ああ、ラキー・ハーディングか。いい子だ。母親も熱心に治療に取り組んでいる。どの親も彼女のようだといいんだが。昨日は珍しく予約時間に来ないと思ったら、遅れて来たらしいな。君が診てくれたのかい？」

「ええ。経過は順調でしたが、矯正ブーツを装着するときに暴れるので、踵《かかと》が擦れて困っているとのことでした。対処法をいくつか提案しました」

　不意にあることに気づいて、フィンはどきりとした。昨日はソフィーとの再会で当惑するあまり考える余裕がなかったが、ラキーの誕生日はいつだ？

　僕の記憶が正しければ、ラキーは一歳六カ月だ。

　つまり、あの子が生まれたのは……フィンは逆算して、はっと息をのんだ。

あのときはコンドームを使った。そのはずだ。間違いない。いつだってそうしていた。

あの夜のことを正確に思い出そうとすると、フィンは頭がくらくらしてきた。

「さあ、早く行こう」待ちかねたロスが急《せ》かす。

フィンは肩からメッセンジャーバッグを下げ、杖《つえ》に体重をかけて立ち上がった。弱みをさらしているようで不本意だが、それでもロスの前では杖を使うことができた。この職に応募したとき、ハンディのことは包み隠さず話す必要があったが、ロスは一切ためらわずにフィンを採用してくれた。

「いまだに痛むのかね？」ロスが訊《たず》ねた。

フィンは肩をすくめた。「マラソンの後遺症が出ているだけです。杖を使えば、少しは楽になるので」フィンは兄がニュージーランドから送ってくれた折りたたみ式の黒い杖をふって見せた。

「君は杖を使うのが嫌いなんだと思っていたが」

「嫌いですよ」なぜなら自分が五体満足ではないと思い知らされるから。同年代の他の男性と違って見えるから。もちろんフィンだって人間の多様性は認めている。だからと言って、自分に脚が一本しかない事実を見せびらかしたいとは思わないし、他の人と違う扱いを受けたいなんて絶対に思わなかった。

「僕が杖を使っているからといって、気を遣わないでください」

ロスは肩をすくめた。「最後にパブに着いた人間が、最初の一杯をおごるきまりだ。君が平等な扱いにこだわるのなら、先にスタートさせてやったりはしないぞ」そう言ってロスはさっさと歩き出した。

フィンは声をあげて笑い、再び杖に体重をかけると急いでロスのあとを追った。

エジンバラに遅い春が近づいていたが、外はまだ雪が降りそうな冷え込みだった。フィンは深呼吸をしてエントランスのスロープを下り始めた。久しぶりに仲間とビールを飲むと思うと、悪くない気分だった。

けれど、再び不安がじわじわとこみ上げてきて、フィンの顔から笑みが消えた。あのとき僕たちは避妊をした。そのはずだ。

まさか……あの子が……いや、そんなはずはない。今は困る。自分自身の面倒さえ満足に見られない今は。新しい仕事に慣れるのに手一杯の今は。

「フィン？」エントランスの暗がりから声をかけられ、フィンはぎょっとした。

ぱっとふり向いた拍子に転びそうになり、フィンは杖で体を支えた。「誰だ？」

「フィン、私よ。ソフィーよ」大きな柱の陰から現れたソフィーは思いつめた目をしていて、顔には血の気がなかった。ロングコートの上に赤いスカーフを巻いているが、それでも芯まで凍えているように見える。ほんの一瞬、フィンは彼女を抱いて暖めてやりたいと思った。けれどすぐに、自分には脚が一本しかないことを思い出した。連絡するという約束を破って行方をくらまし、彼女を裏切ったことも思い出した。彼女が僕に抱きしめられたいと思っている可能性はゼロ以下に違いない。

前方に目をやると、ロスがちょうど角を曲がるところだった。ソフィーはラキーのことで相談があるのかもしれない。そう思って上司を呼び止めかけたフィンは、すぐに考えなおした。ソフィーはフィンの名を呼んだのだ、ロスではなく。

昔だったら、仕事終わりを美女に待ち伏せされたら、嬉しかっただろう。でもソフィーは、杖をついたフィンが足を引きずって歩くのを目撃してしまった。それに過去のいきさつもある。ちくしょう。これは幸先《さいさき》のいいスタートとは言えない。

「大丈夫かい、ソフィー？　顔色が悪いぞ」

ソフィーは目に涙を浮かべて、首を横にふった。

「いいえ、少しも大丈夫じゃないわ。どうしてもあなたに話さなきゃいけないことがあるの」

　僕に話さなければいけないこと？　落ち着こうと思うのに、フィンの動悸《どうき》は激しくなる一方だった。

「わかった。ここで話すかい？」

「どこか暖かいところがいいわ」ソフィーはフィンの杖に気がついて目を見開いた。「歩いても大丈夫なの？　いったい何があったの？」

「僕なら大丈夫だ」不意を突かれ、フィンは慌てて杖を折りたたんで鞄《かばん》に突っ込んだ。「通りの向こうにパブがあるし、病院のカフェでもいい」

「どちらでも近いほうで。長くは話せないの。少しの間、友人に子守を頼んできただけから」

　フィンは今下りたスロープを上がって病院に戻った。心臓は今や肋骨《ろっこつ》を突き破る勢いで激しく打っている。「コーヒーでも？」

「いいえ。私は水でいいわ」

　ほどなく二人は、他に客のいないカフェで向かい合って腰を下ろした。フィンは湯気の立つコーヒーマグを両手で包み、自分で導き出した答えを突きつけられる覚悟を固めた。難しい数式など要らない。セックスからの日数を数えればいいだけだ。

　ただ、あれはただのセックスではなかった。フィンが経験した中で、最も熱く、最もめくるめくセックスだった。「君の話というのは、僕が連絡を取らなかったことへのお小言ではないんだろう？」

　ソフィーはうなずいた。「ええ。それだけだったら、私もふられたのもいい経験だと考えて、あなたのことなど忘れていたと思うわ」

「でも、そうじゃないと？」

「あの夜は……一夜の情事にすぎなかったの？　あなたはそうは言わなかったし、私もそんなふうに感じなかった。だからまた会えると思っていた。それとも、祖母を亡くして悲しみに暮れていた私は、あなたのような人には格好の餌食だったのかしら」

　あなたのような人。ソフィーの目に自分がどう映っていたかはよくわかる。女性の悲しみにつけ込んで誘いをかけ、一夜限りで捨てるプレイボーイ。

「それは違う。僕は君に好意を持っていた。あの夜は……」特別だった。

「あの夜は、何だったの、フィン？」ソフィーは両手の指をねじり合わせ、深呼吸をした。それから目を上げてフィンを睨《にら》みつけた。「今さら答えてくれなくてもいいわ。もうどうでもいいことだもの。ただ……電話さえかけてくれればどれほど状況が簡単だったかと思うと、あなたに腹が立ってたまらないわ」

「携帯電話を落としたんだ。山の尾根で」フィンの自尊心と愚かな決断力、そしてプラス思考とともに。

〝下手くそな言い訳ね〟と言わんばかりにソフィーは眉を上げた。「あなたにどんな言葉を投げつけてやろうか、何度も考えたわ。くり返し予行演習もした。それなのに、いざあなたに会ったら何をどう言っていいかわからない」

　ソフィーは傷ついている。フィンにふられたからではなく、妊娠し、シングルマザーとして苦労した年月のせいで。フィンは意を決して切り出した。

「ラキーは僕の息子なんだろう？」

　ソフィーが否定してくれることをフィンは祈った。でもラキーのことでなければ、わざわざソフィーが会いに来た理由がわからない。

　ソフィーは驚いたように息をのんだ。「必死であなたを探したのよ。ずっとあなたに伝えたかった。でも……」ソフィーの表情が曇った。「あなたがどう受け止めるかわからなかった。あなたが怖《お》じ気《け》づいて、また姿を消すかもしれないと思ったら、知らせるべきかどうか迷った。だってラキーには、ずっとそばにいてくれる父親がいてほしいから」

なんてことだ。

ソフィーが続けた。「それでも黙ったままだと良心の呵責《かしやく》を感じそうで、やっぱり知らせることに決めたの。ええ、そうよ。小さなラクラン・スペンサー・ハーディングは——あのハンサムで頭のいいやんちゃ坊主はあなたの息子よ」

千々に乱れる思いをコントロールしようとフィンは目を閉じた。父親になどなりたくなかった。親の責任を担う覚悟などできていない。そもそも覚悟が固まるときなど来るのだろうか。脚が一本しかない僕は、歩くのが精一杯だ。子どもが転びそうなとき、とっさに支えることもできなければ、公園でいっしょにサッカーをしたり走り回ったりもできないのだ。

フィンはうなずいた。あの冬の日、尾根を踏み外し、空《くう》を切って落ちていくときに感じたのと同じ気分を——まさに悪夢に落ちていくような気分を味わいながら。それでいて、明るい喜びに似た何かが着地のショックを和らげてくれた。僕には息子がいる。一年半も前に僕の息子が生まれていた。そしてその間の息子の成長を、僕は見逃してしまった。

父親がいない子どもの気持ちは誰よりも知っていたのに。かつて、よその子どもたちが父親と仲よく遊んだり、いっしょに何かしたりするのを見るたび、僕が悪い子だから父は僕にまったく関わってくれないのだろうかと思い巡らしたものだ。だからこそ、息子には同じつらさを味わわせたくなかった。

フィンは目を開いた。ソフィーが眉間にしわを寄せてこちらを見つめている。ソフィーがどれだけつらい経験をしてきたか想像に難くなかった。僕をひどく罵ったことだろう。眠れぬ夜を過ごし、尽きない不安と向き合ってきたことだろう。何の連絡もしなかった僕に、当然ながら怒りを覚えただろう。腹をくって現実を受け止めるときだ。「すまなかった」

「〝すまなかった〟ですって？」ソフィーは言葉に窮した。フィンは子どもを拒むと思っていた。さもなければDNA検査を要求するとか、ソフィーに腹を立てるとかすると思っていた。まさか謝罪されるとは思ってもいなかった。

「そうだ。何もかも僕が悪かった。僕は君に電話をかけるべきだったのに」フィンは髪をかき上げ、肩をすくめた。「ただ、携帯電話をなくしてしまった僕は、連絡の取りようがなかった」

「たとえ携帯電話をなくしても、ネットでバックアップデータを取り戻せることくらい知っているでしょう」フィンの〝すまなかった〟という一言で、ソフィーは胸にため込んできた怒りを向ける矛先を失ってしまった。「本気で探そうと思ったら、情報を手に入れる方法はいくらだってあるはずよ」

「とにかく僕には探せなかったんだ。それに僕の記憶が正しければ、君は僕の電話に〝セクシーなソフィー〟という名前で登録したはずだ。それでは君を探しようもない。僕たちはお互いの名字も知らなかったんだから」

「ええ。次のデートで名字を教え合うステップに進むのだと思っていたわ」

　あの夜フィンは、ソフィーのことをこのうえなくセクシーだと称《たた》えてくれた。フィンは愉快で思いやり深かった。祖母が亡くなって、胸にぽっかり穴が開いたようだと泣くソフィーの言葉に耳を傾け、自分も母を亡くしたときはとても悲しかったし、責任を感じたと言って共感してくれた。二人は正直に胸のうちを語り合った。だからこそ、フィンから連絡がなくてソフィーは困惑した。

　フィンはテーブルに身を乗り出し、まっすぐソフィーと目を合わせた。「ソフィー、僕はわざとこんなことをしたわけじゃない。電話だってかけようと思っていた。僕は会ったばかりの誰かと――」

「いきなりベッドをともにするような人間じゃないって？　私だってそうよ。その結果が、こんなことになるとは思ってもいなかったけれど」

「この僕に息子ができた」フィンはこみ上げる感情を抑えるのに苦労しているようだった。二人はしばし黙り込み、ことの成り行きに思いをはせた。やがてフィンは髪をかき上げ、迷いを払うように首をふった。「僕はどうしたらいい？」

「何に対して？」

「ラキーに対して。僕はあの子に何をしてやればいいんだ？」

「ラキーはまだ幼いから機嫌を取るのは簡単よ。自分に関心を向けてもらえて、アイスクリームや、昨日みたいにシールをもらえれば満足するわ」

「シールを気に入ってくれたのか？　上手くいったんだね？」笑みが浮かんだとたんフィンの顔が和らぎ、ソフィーは彼がラキーを笑わせてくれた昨日の診察室に引き戻された。ソフィーに笑い以上のものを与えてくれた、あの夜に引き戻された。正直に言えば、今でもソフィーはフィンに惹《ひ》かれていた。彼は相変わらずハンサムだし、気取ったところがなくなり、いっそう魅力的になっていた。

　でも今すぐにフィンを信じるわけにはいかない。まだ、私の心や息子の心を委ねるわけにはいかない。

「昨夜は物珍しさが勝って、おとなしくブーツを履いただけかもしれないけれど」

「シールを使うとたいていの子どもは上手くいくんだよ」フィンはちょっと傷ついた顔になった。「でも、君の言うとおりかもしれない。僕は昨日ラキーに会ったばかりで、あの子のことは何も知らないんだから。いろいろ知らなければいけないのに、どこから始めたらいいかさえわからないよ」

フィンは心底途方に暮れているように見えた。ほんの一瞬、ソフィーは彼が気の毒になった。ソフィーの――いや、フィンとソフィーの息子は小さなハリケーンだ。幼児がどれほど生活をかき乱す存在か、フィンには見当もつかないだろう。だからこそ、フィンをラキーに関わらせていいかどうか不安だった。幼い子どもの相手をするのに音をあげて、すぐに離れていってしまうかもしれない。とはいえ、フィンには息子のことを知る権利がある。ソフィーは自らの良心と息子が必要とするもの、どちらを選ぶべきか決めかねた。

「やっていくうちにわかってくるわ。私だってラキーが生まれた瞬間から、何もかもわかっていたわけじゃないもの」

フィンは納得がいかないとばかりに首を横にふった。「それなら君は、どうしたら上手くいくと思っているんだ？　正直なところ、僕には見当もつかないよ。息子のために全力を尽くすことだけは、何のためらいもなく言えるけれど」

「まず、ずっとラキーと関わる覚悟はある？　気分しだいで姿を現したり消えたりして、ラキーを傷つけないでほしいの」

フィンの目にショックが浮かんだ。「僕はそんなに信用されていないのか？　たしかに僕たちはお互いよく知っているとは言えないが、さすがに僕はそんな人間じゃないぞ」

むしろ二人は、お互いをほとんど知らないに等しい。子どもまで授かっておきながら、ソフィーがフィンについて知っているのは、ハンサムで、約束を守らない男ということだけだ。「最高の父親になる自信があるみたいだけれど、何かが起きたときに姿を消す可能性があるなら、あなたをラキーに関わらせることに二の足を踏むわ」

怒りでフィンの瞳が暗くけぶった。「僕には息子を知る法的な権利があるはずだ」

働くシングルマザーとして毎日を生きるのが精一杯なのに、このうえ訴訟を起こされるなんて願い下げだった。ここは上手く折り合いをつけるほうが、お互いのためになりそうだ。「ええ、わかっているわ。それでも、ゆっくり進めていきましょう」そうすればフィンがラキーの人生に与える影響や、彼が逃げ出すリスクを見きわめられる。「一歩ずつ、ね」

フィンがちらりと自分の脚を見下ろし、体をこわばらせた。その目に浮かぶ暗澹《あんたん》とした表情に、ソフィーの胸が締めつけられた。同時に、頭にいくつもの疑問が浮かんだ。「そんなことですら、僕にはできるかどうかわからないよ」

3

「いったい何があったの？」フィンの視線を追って脚に目をやったとたん、ソフィーのとげとげしい態度が和らいだ。そして、あの夜と同じ、穏やかで思いやり深いソフィーが帰ってきた。

ソフィーに何もかも打ち明けたくなったが、フィンは事実を語るに留《とど》めた。「尾根から落ちたのは携帯電話だけじゃない。僕も崖を滑落したんだ」

「何てこと。あなたが命を落とさなくて本当によかった。けがはひどかったの？」

「骨盤を骨折し、背骨にひびが入った。肩が脱臼して鎖骨がずれた。頭部外傷に凍傷、それに低体温症」大きく見開かれたソフィーの目に、ショック混じりの同情がよぎった気がした。「中でも重傷だったのが左下腿部で……切断せざるを得なかった」

ソフィーが息をのんだ。予想に反して、そこに嫌悪感は見られなかった。「本当にお気の毒に。けがを克服して立ちなおるのは大変だったでしょう？」

大変などという言葉では生ぬるい。「僕はいまだに立ちなおっている最中だよ」フィンは当然の結論を覚悟して身構えた。「じゃあ、ここで僕たちはお別れかな？　ハンディがあって役立たずの父親などいないほうがましだろう？」

ソフィーは当惑して顔をしかめた。「本気で言っているの？　私はただ、息子には父親がいてほしいだけよ。ラキー本人は、定期的に関わってくれさえすれば、父親の脚が一本だろうが二本だろうが気にしないと思うわ」

でもフィンは気になった。だからこそ息子に関わることを考えなおし始めていた。父親が運動会のかけっこで負けたり、サッカーの試合を座って応援したりしたら、息子は恥ずかしく思うに決まっている。

石でものんだように胃が痛かった。何より、この体では息子を守ってやることもできない。僕には人を守れなかった前科がある。もし僕があんなに身勝手でなければ、母はまだ生きていただろうし、僕も脚が二本揃《そろ》っていたかもしれないのだから。

やはりここは退《ひ》くべきだ。「僕は直接子どもと関わらないほうがいいと思う。もちろん君との連絡は欠かさないし、養育に必要なお金も払う」

キャラメル色の瞳が怒りに燃え上がった。「私がお金を欲しがっているとでも？　これまでだって私の稼ぎで十分暮らしてこられたわ。あなたが息子に会いたくないと言うなら、私たちは今までどおりの暮らしを続けるだけよ」

「ラキーのことを思えばこそ、会わないほうがいいと言ったんだ。あの子に恥ずかしい思いをさせたくない」

「自分が何を言っているかわかっているの、フィン？　あの子に必要なのは愛よ。あの子を気づかってくれて、関わってくれる父親よ。でも、その責任を負う覚悟があなたにないと言うのなら、ラキーは私一人で育てるわ」ソフィーは勢いよく立ち上がり、バッグから出した紙をフィンに突きつけた。「あなたが知りたがるかもしれないと思って、ラキーに関する最低限の情報を書いておいたわ。あの子の誕生日、出生体重、発達段階の記録。好きなものと嫌いなもの。裏の絵はラキーが描いたものよ」

ソフィーが信じられないとばかりに首をふり、怒りに燃える目でフィンを睨《にら》む。目の前のソフィーは、一夜をともにした女性とはまったくの別人に見えた。今の彼女はわが子を守る雌ライオンだ。これが〝子を持つ〟ということなのだ。わが子の存在を知って間もないフィンでさえ、強い保護本能を感じていた。

「あの子が僕に絵を？」

「心配は要らないわ。あなたのことは、あくまで病院で会った先生としか言っていないから。万一、あなたが――」

「ラキーと関わりたがらなかった場合に備えて？」

自分が恥ずかしかった。もちろん息子のことは知りたかったので、フィンは紙を受け取った。スーパーヒーローのシールが貼られ、茶色と黄色のクレヨンで何かが殴り描きされている。胸がぎゅっと締めつけられた。「これは絶対になくさないよ。ありがとう。もう一度座ってくれ。しっかり話し合おう」

「いいえ。私はそろそろ帰らなくてはいけないわ。そうそう友人の厚意にも甘えていられないから」

まだソフィーと別れたくなかった。今日のうちにあれこれ話し合っておきたい。少なくとも、それが理由だとフィンは自分に言い聞かせた。「それなら君の家に行って、話し合いの続きをしよう」

ソフィーは一歩後じさり、両手を挙げた。「とんでもない。ついさっき自分は関わらないと言ったばかりなのに、今度は私の家に来たいですって？　さっき言ったとおり、私たちは一歩ずつ歩み寄りながら、ルールを決めていく必要があるの。よく考えたうえであなたの要望をメールで知らせて。私もそうするから。細かい内容を話し合うのはそれからよ。いろいろ決まったら、私の付き添いのもと、ラキーに会わせてあげるわ」

「君の付き添いのもと？　ずいぶん大げさだな」とはいえ理由はわかっていた。フィンが信頼に足る人間だと示せなかったからだ。それも一度ならず二度までも。世界一の父親になると請け合ったかと思えば、脚が片方ないから無理だと尻込みしたのだ。

　ソフィーは肩をすくめた。「私はあなたのことを知らないもの。私の子どもが傷つくかもしれないことをさせるわけにはいかないわ」

「僕たちの子どもだ、ソフィー。僕はあの子の父親だ。わが子を傷つけたりはしないよ」

　ソフィーは首を横にふった。「あなたは遺伝子を提供しただけよ。あなたがどれほど立派な父親になるかは、まだわからないわ」

「ただいま！　留守番してくれてありがとう」玄関を入ると、赤々と燃える暖炉の前のソファで、親友のハンナとラキーがタブレットで遊んでいるのが見えた。ラキーが目を上げてにっこり笑ったとたん、愛《いと》しさがこみ上げてきて胸が苦しくなった。「ラキーはいい子にしていた？」

「ええ。ごはんも残さず食べたし、ごきげんで遊んでいるわ」ハンナは立ち上がると、ラキーの頭にキスし、コートとバッグを手に取った。「バイバイ、ラキー。ママの言うことをよく聞いてね」ハンナはソフィーに身を寄せてささやいた。「あの拷問具はあなたに任せるわ」

「矯正ブーツのこと？　変な呼び方をしないで。あれはラキーのための装具よ」

「わかってる。でも無理強いするのは苦手なの」ハンナの目がからかうように光るのを見て、ソフィーの心は沈んだ。ハンナのことだ、あれこれ詮索してくるに違いない。「パパはどんな感じだった？」

ゴージャスで謎めいていて、魅力的だった。そして、ハンディキャップを背負っていた。

「ショックを受けてはいたけれど、本人もうすうす気がついていたみたい」

「彼は関わってくれそう？」

ソフィーはバッグを下ろし、暖炉の火をかき立てながら上の空で答えた。「ラキーと？」

「もちろんラキーとよ」ハンナはタブレットをいじっているラキーをちらりと見てから、ソフィーに目を戻した。「まさか……よりを戻すつもりなの？」

ハンナの目が大きく見開かれた。「たしかにあなたにしては珍しく、ベッドをともにしたいと思うほど好きになった相手かもしれないけれど」

「もちろんよりを戻すつもりなんかないわ。私はただ、ラキーには父親が必要だと言っただけよ」

どうやらハンナには別の考えがあるようだ。「今でも彼はハンサムだった？」

「ええ、たしかにゴージャスだったわ。でも大事なのは、彼がどれだけラキーを大事にしてくれるかよ。だから、ハンサムとかそういう話はしないで」

ハンナはウインクした。「親友が何のためにいると思っているの？」

「ベビーシッターを頼むため？」

「それならいつでも引き受けるわ。おやすみなさい」ハンナは投げキスをして玄関から出ていった。

ソフィーはドアを閉めると、フィンに会ってから感じている妙な気持ちをふり払った。フィンから音沙汰のなかった二年あまりの間、ソフィーは激怒し、次に無力感に襲われ、やがてくすぶる怒りが消えるに従い、もう何も感じなくなっていた。昨日、思いがけず彼と再会するまでは。

しかもフィンのそばにいると、動悸《どうき》がおかしくなり、すっかり忘れたはずの官能のうずきまで感じてしまう。

忌々しいフィン。出産と、慣れない育児で慌ただしかった日々がようやく落ち着き、一定の生活リズムができてきたところなのに。ソフィーは愛しいわが子に目をやった。「もうすぐねんねの時間よ。まずはお風呂に入りましょう」

さんざん風呂で遊び、温かいミルクを飲んだあと、ソフィーは言った。

「さあ、次はスーパーヒーローのブーツを履く番よ」

「やだ」ラキーはおぼつかない足取りでクローゼットに行くと、中に隠れてドアを閉めた。「やだ」

「忘れたの？　ブーツを履くとシールをもらえるのよ」装具を着けるたびにバトルになるのは、神経がすり減るものだ。そっとクローゼットに近づいてドアを開けると、ラキーは床に座り込み、先ほどフィンが浮かべていたのと同じ、強情そうな表情でこちらを見ていた。これまで気がつかないふりをしてきたが、二人が似ていることはもう否定しようがなかった。ソフィーはラキーの脚をくすぐった。「出ていらっしゃい、ミスター・モンスター」

「ブーツ、やだ」ラキーは二語文が使えるようになっていた。〝やだ〟という言葉さえ使わなければ、ソフィーも心から誇らしく、嬉《うれ》しく思えただろう。

「そこから出てきたらシールを一枚あげるわ。じっと座っていられたら、もっとシールをあげる」ソフィーは整理だんすからシールを取り出した。それから歌うような口調で呼びかけた。「ラキーにシールをあげよう、かっこよくてすてきなシールを」

　五分ほどこの遊びを続けるうち、とうとうラキーはがまんできずにクローゼットから這《は》い出してきた。

「シール」

「ブーツを履けたらあげるわ」

　ラキーは首を横にふった。

　ソフィーはブーツを差し出した。「さあ、今すぐ履くのよ、ラキー。でないとシールはあげないわ」

　ラキーが床に座って足を投げ出す。ソフィーは息子を膝に抱き上げ、昨日のシールが貼られたブーツを見せた。「ほら、片方に一枚ずつシールが貼ってあるわよ」

　認めたくはなかったが、シールは名案だった。

　ソフィーの意識がラキーの足から、父親であるフィンの足に向かった。膝から下を切断したと聞いたときはなんとか平静な顔を保てたが、それがどれほど恐ろしいことか、そしてフィンのように肉体派の男性にとって、乗り越えるのがどれほど大変なことか、想像もつかなかった。日常生活だけではない。片脚を失った以上、フィンはラグビー選手を辞めなければいけなかったはずだ。

　とてつもなく勇気が必要だったに違いない。でもフィンは歩き、働き、人生に折り合いをつけた。そしてソフィーの悩みを解決してくれた。たしかに小さなアドバイスだったが、息子とのバトルに楽しい要素が加わり、しかも装具をスムーズに着けられるようになった。

　おとなしく座っている息子の姿に胸が詰まった。ソフィーはラキーの両足をブーツに入れてバーで固定した。

〝パパもきっとあなたを誇りに思うわよ〟

　どこからともなく、そんな言葉が頭に浮かんだ。

　一時間後、赤ワインのグラスを手に、開いた本のページを読むともなく見つめながらフィンのことを考えまいとしているとき、着信音が鳴った。

〈やあ、僕だよ、フィンだ〉

ソフィーはどきりとしたが、胸の高鳴りには取り合わなかった。今回はフィンの魅力に屈するわけにはいかない。思わず〝二年半遅れのメールね〟と返したいのをこらえ、こう打ち込んだ。

〈初めてのメールをありがとう。どうやら携帯電話はなくさなかったみたいね〉

　間髪を入れず返事が返ってきた。

〈二度となくしたりしないさ。ところで、考えるまでもなく僕の気持ちは決まっている。僕は百パーセント関わるつもりだ。次はいつ会える？〉

　正直なところ、二年半前にこのメールが送られてきたらと思うと少し胸が痛んだ。けれど少なくとも、今は自分の立場がはっきりしている。私はフィンの子どもの母親で、それ以上ではない。そのことだけは忘れてはいけない。

　ソフィーは返事を打った。

〈ルールを決めるのが先よ〉

　今度もすぐに応答があった。

〈心配性だな。どんなルールが必要なんだい？　僕は子どもに酒を飲ませたりしないし、ナイフで遊ばせたり、車を運転させたりもしないぞ〉

　ソフィーは微笑《ほほえ》んだ。こんなに簡単な話だったら、どれほどいいだろう。

〈ラキーには、していいことと悪いことの区別を教えてやらないといけないもの〉

ホテルのベッドでくつろぐフィンを――それも全裸のフィンを思い描いて微笑んでいるソフィーこそ、していいことと悪いことの区別が必要かもしれない。

〈ラキーに必要なのは愛情と、いい行いをしたら褒めてもらうことよ〉

〈それは誰にとっても必要なものだ。ラキーはいい子にしていたら、おやつがもらえるのかい？〉

ソフィーは声をあげて笑った。

〈あの子は人間の子どもよ、子犬じゃないわ〉

〈子どもも子犬も同じじゃないか。耳の後ろをかいて、お腹《なか》を撫《な》でて、芸を教えてやったらいいんだ〉

ソフィーはすぐさま返事を打った。

〈私を喜ばせたければ、やめたほうがいいわよ〉

瞬く間に返事が返ってきた。

〈もちろん君には喜んでほしい〉

フィンがそう思うのは、私がラキーの母親だから。それだけよ。

けれど、間髪を入れず次のメッセージが来た。

〈ソフィー、何もかも本当にすまなかった〉

不意に喉が締めつけられて苦しくなった。私はフィンの身に何が起きたかも知らず、ただ彼を批判していただけだったのに。

〈優しくしないで。それに、脚のことは本当にお気の毒だったわ〉

〈脚ならまだ一本残っているから大丈夫さ〉

大丈夫なはずがない。脚を一本失うことで自尊心だって傷ついただろうに。それでもフィンがわざと平気な顔でジョークを飛ばすのは、同情されたくないからだろう。ソフィーは同情を覚えるどころか、彼のしなやかな回復力に感嘆した。

〈どこが大丈夫なのかわからないわ。あなたはたしかラグビー選手だったでしょう？〉

〈まあね。スワンズというチーム名を聞いたことはないかい？　スコットランドのトップチームの一つで、僕はそこの最高の選手だった。それはともかく……近いうちに会えないか？　週末に三人で出かけるのはどうだろう？　僕が父親としてふさわしいかどうか、判断してほしい〉

〈あなたがふさわしいのはわかっているわ〉

フィンはラキーの父親だし、多くのつらい経験をしている。そんな彼が息子と仲よくなるチャンスを拒むことはできなかった。息子とふれ合えば、失った脚以外のことに意識が向いて、少しでも気持ちが前向きになるかもしれない。

しばらくメッセージが来なかったので、てっきり話は終わったものと思っていたが、二杯めのワインを飲んでいる最中に次のメッセージが来た。

〈あれはすてきな夜だった〉

あの夜以来、ソフィーはフィンと出会ったパブには一度も足を踏み入れていないし、彼と一夜を過ごしたホテルは迂回《うかい》して近づかないようにしている。それでも、フィンとの一夜を忘れることはできなかった。あれほど誰かと深いところでつながり、求められていると感じたのは初めてだった。そしてそれはフィンも同じだったはずだ。少なくともソフィーと過ごした数時間の間は。そしてあの夜、二人は子どもを授かったのだ。

ソフィーは返事を打った。

〈ええ、本当にすてきな夜だったわ〉

それから、気持ちが変わらないうちに急いで次のメッセージを打ち込んだ。

〈土曜日にラキーとバタフライ・センターへ行く予定なの。現地で二時に待ち合わせましょう〉

〈絶対に行くよ。ルールは破らないから心配しないでくれ〉

ソフィーはソファのクッションに携帯電話を放り投げた。脳裏に一糸まとわぬフィンの姿が何度もよみがえったが、ソフィーは今度はそれを押しとどめようとはしなかった。

本当のことを言えば、ルールを破る心配があるのは、フィンではなくソフィーのほうだ。

4

バタフライ・センターの駐車場に入ると同時に、すでに入場門でソフィーたちが待っているのに気づいて、フィンの心臓が早鐘を打ち始めた。思わずハンドルを握りしめてしまった手を、何とか片方だけ引きはがし、フィンは二人に手をふった。

昨夜はベッドに入ってから、自分がどうふるまうべきかあれこれ想像してみた。けれど、どのイメージもぴんとこなかった。一つだけわかっているのは、自分の父のような、育児に関わらない〝不在の父親〟にはなりたくないということだけだ。

ソフィーがフィンに気づいて手を上げ、ベビーカーにかがみ込んでラキーに話しかけた。長い髪を風になびかせたソフィーは、スキニージーンズと分厚い水色のセーターを着ていた。その下に隠された体をフィンはよく覚えている。シルクのような手ざわりの肌。ほどよい曲線を描く胸とヒップ。妊娠中にソフィーの体はどう変わったのだろう。そう思ったとたん、お腹《なか》の大きいソフィーを見られなかったことに、強い後悔の念を覚えた。

ソフィーやラキーについて知らなかったことがたくさんある。まず第一に、ソフィーはフィン以上に時間にうるさいらしい。まだ約束の時間の十分前だ。車から降りる不格好なところを見られずにすむよう、こちらが先に到着するつもりだったのに。

フィンは急いで駐車すると、何とか転ばずに車から降り、痛む脚が許す限り早足で二人のもとへ向かった。とても平常心ではいられなかったが、必死で何でもない体《てい》を装った。息子と一日過ごすのだと思うと、二万人を越すファンの前でデビュー戦を飾ったとき以上に緊張した。

「待たせてすまない」

「私たちが早く来ただけだから大丈夫。この子が待ちきれなくて、ぐずりだしたの」ソフィーはフィンに劣らず緊張しているように見えたが、温かな笑みを浮かべた。「あなたの言うとおり、幼児と暮らすのは子犬を飼うようなものね。決まった時間に食事をさせ、たくさん外で遊ばせなければいけないところがそっくりだわ」

「お腹を撫《な》でてやるのも忘れるなよ」

「もちろんよ。お腹を撫でられるのが嫌いな人がいるかしら？」ソフィーが楽しそうに目を輝かせた。ほんの一瞬フィンの脳裏に、自分たち三人がソファで肩を寄せ合い、談笑している姿が浮かんだ。まるで家族のように。

　フィンはすぐさまその思いつきを頭から締め出した。僕にこんなことを考える権利はない。診察のときはほとんど注意を払わなかったラキーの顔立ちを、フィンはあらためて観察した。ごわごわした黒髪は、いくらブラシをかけても整わない、まさにベアード家の髪だった。毎朝フィンが鏡で見るのと同じブルーの瞳。そしてソフィーそっくりの愛らしい鼻。

　そういえば、母の寝室にフレーム入りの写真が飾ってあった。今のラキーくらいのフィンと、二歳年上の兄カルム――愛称カル――が砂浜で穴を掘っている写真だ。目の前のラキーは写真のフィンと瓜《うり》二つで、血を分けた親子であることは火を見るよりも明らかだった。

　この子には僕の遺伝子が伝わっている。名字こそ違うが、この子はベアード家の一員なのだ。

　胸がきゅっと締めつけられ、フィンは大きく息を吸って吐いた。「それじゃあ入ろうか。ラキーはベビーカーから降ろしてやったほうがいいのかな？」そのときになってフィンは、息子とどう関わったらいいのか、まったくわからないことに気づいた。診察で出会う子どもたちには即興で面白いことを言って笑わせてきた。けれどここは冗談で流さず、最初からきちんと接するべきだ。

「この子はまだよちよち歩きだから、自分で歩かせると時間がかかるかもしれないわ。でもたっぷり歩いて疲れたら、すんなり昼寝してくれるかも」

ソフィーは慣れた手つきでベビーカーのバックルをはずしてラキーを抱き上げた。母子の動きはごく自然でなめらかだった。自分だけどう行動したらいいかわからないと思うと、フィンの胸が痛んだ。

ソフィーの笑みが胸の痛みをいくらか和らげてくれた。「ほらラキー、この人はフィンよ。病院でシールをくれたでしょう、覚えてる？」

「やあ、スーパーヒーロー」ラキーが矯正ブーツではなく、あの光る運動靴を履いているのに気がついてフィンは微笑《ほほえ》んだ。これなら好きなように歩いたり走ったり、追いかけっこしたりできる。

遠からずこの子は、どの動作も父親の僕より上手くできるようになるだろう。そう思ったとたんフィンは喪失感に襲われ、脚が二本揃《そろ》っていたらと、つい考えてしまった。

すぐにフィンは自分を叱りつけた。子どもはいつか親を追い越していくものだ。肉体面だけでなく精神面でも。それが自然の摂理だ。

ラキーはつまらなそうな目でフィンを見ただけだった。「ちょうちょ。ちょうちょ」

ソフィーが低い声でたしなめた。「ラキー、フィンに〝こんにちは〟は？」

ラキーは首を横にふった。「ちょうちょ」

「挨拶はまた今度にしよう」フィンは笑った。

ソフィーは笑いを嚙《か》み殺しながら、目で謝ってきた。「ごめんなさい。この子は興味のない大人より、蝶《ちょう》に夢中なの」それから真顔に戻ってつけ加えた。

「子どもってそういうものだから悪く思わないでね。この子はまだ、あなたとの対面がどういう意味を持つかわからないのよ。しばらく園内を散策して、あなたの存在に慣れてもらいましょう」

たしかに僕はラキーにとって一度会ったことがあるだけの大人だ。最初から大歓迎されるはずがない。

自分がここにいていいのかどうか、フィンはまだ確信が持てなかった。それでも週末が近づくにつれ、二人に会うのが楽しみで心が浮き立った。ラキーに会いたかったのは血を分けたわが子だからだし、ソフィーに会いたかったのは……。フィンは彼女の柔らかな体や切ないあえぎ声の記憶を心からふり払った。

ソフィーに会いたかったのは、これまで育児の苦労を一人で背負ってくれた人だから。それだけだ。

花や蝶を見つけるたびにラキーが立ち止まるので、三人はゆっくりと大きな温室まで歩いていった。フィンは息子と手をつなぎたくてたまらなかったが、ラキーは母親としっかり手をつないで離しそうにない。ソフィーが蝶の幼虫や成体を指さして丁寧にラキーに説明する様子を、フィンは見守った。

ソフィーは口もとに笑みを浮かべ、目を輝かせて息子と談笑している。フィンと一夜を過ごしたときのソフィーもこんなふうに楽しそうだった。でも今のフィンに対する態度は、必要に迫られて友好的にふるまっているだけに感じられた。

ソフィーがちらりと注意をこちらへ向けたときに、フィンは訊《たず》ねた。「君たちは今どんなところに住んでいるんだい？」先日もらったメモに書いてあったから、住所は知っている。ただ、二人の生活をイメージする情報がもっと欲しかった。

とたんに、ソフィーの唇が身構えるように引き結ばれ、楽しそうな目の輝きが消えた。

「ドラムシュー・ガーデンズよ。祖母と住んでいた家に今でも住んでいるわ。祖母が亡くなったあと、相続した家は売るつもりだった。でもちょうどそのころに妊娠がわかったの。子育てにはうってつけの場所なのよ。すぐそばに公園があるし、保育園も学校も徒歩圏内にある。子どもがいると、考慮しなくてはいけないことがたくさんあって大変なの」〝あなたは考えたこともないでしょうけれど〟と言わんばかりの視線が、ちらりとこちらに向けられた。「まさかこんな人生を送ることになるとは、まったく予想もしていなかったわ」

　それを言うなら、フィンだってこんな人生を送ることになるとは思っていなかった。「お祖母《ばあ》さんの家を売ったあと、何をするつもりだったんだい？」

　ソフィーは一匹の蝶が葉から葉へひらひらと飛び移るのを目で追った。そこには、自由への憧憬が浮かんでいるように見えた。「売ったお金を銀行に預けて、旅行するつもりだったわ。海外ボランティアで働いて、しばらく世界を見て回ったら、暖かいビーチサイドでカクテルを飲めるような、エキゾチックな場所に定住しようと思っていた」

「スコットランドがエキゾチックだと思う人もたくさんいるよ。少なくとも観光客はたくさん来る」

「でも、ここのビーチは寒いわ」ソフィーは首をふり、ハニーブラウンの瞳を暗くけぶらせた。「私はここではない、どこか遠くへ行きたかったの」

　どうやら僕は彼女の夢も奪ってしまったらしい。

「旅行ならこれから行けばいい。子ども連れで旅行する人だってたくさんいるよ」

「そういうことじゃないの。仕事はそうそう休めないし、お金の問題もある。必死で働いて貯金できたら、今年はイングランドに行けるかもしれない。運よく宝くじに当たったら来年はポルトガルに行けるかもしれない」ソフィーは肩をすくめた。「でも行きたい場所に全部行こうと思ったら、二百歳まで生きなくちゃいけないわ」

「何もかも僕のせいだ。僕は君に連絡を取って、苦労を分かち合うべきだった」

ソフィーは立ち止まった。「ええ、そうね。でも、あなたがいてくれても大きな違いがあったとは思えないわ。私は妊娠していた。お腹はどんどん大きくなるし、赤ん坊が生まれたら生まれたで、旅行をする余裕はおろか、自分のために使う時間なんかまったく持てなかった」

「それに家族はラキーと二人きりで、君を助けてくれる人はいなかった」

ソフィーはむっとして顎を上げた。「私にだって友だちはたくさんいるわ」

「ご両親は？」

「今はドバイにいるわ。あちらの生活がすっかり気に入っているから、育児を手伝うためにエジンバラに来ようなんて考えもしないでしょうね」

「どうして？」わが子を否定されたようでフィンは面白くなかった。「ラキーは二人の孫なのに？」

「両親はそういう人たちじゃないのよ。父がエンジニアで、二人は国から国へと渡り歩く人生を送ってきたの。ひょっとして私が旅行好きなのは、親譲りなのかもしれないわね」ソフィーは少し思案する顔になった。「私はアフリカで生まれ、幼いころは香港で過ごし、その後ケントにある寄宿学校に入れられたわ。嫌でたまらなかったけれど、両親は子どもにじゃまされずに自由に生きたかったのね。結局、祖母が私を引き取って育ててくれた」

「だからお祖母さんが亡くなって、あんなに悲しんでいたのか」

「祖母はあらゆる意味で、母親代わりだったから」

涙をこらえるように目をしばたたくと、ソフィーはベビーカーを押しながら、ラキーを追って亜熱帯の温室を進みだした。遊歩道の両側に生い茂る植物の上を、さまざまな色の蝶がひらひら舞っている。温室の真ん中に池があり、水音が聞こえてきた。ほどなく三人は小さな石の橋を渡り始めた。欄干の隙間からラキーが落ちないかと、フィンは息子の動きを目で追いながら、思わず声をかけた。「気をつけて、ラキー。いい子だから真ん中を歩こうね」

「ラキーなら大丈夫。欄干の隙間は子どもが落ちるほど広くないの」そう言ってソフィーが笑った。

「どうしてそんなに落ち着いていられるのか、僕にはわからないよ」

「過保護で心配性なのは母親だけと思っていたわ」

「保健師をしていたら、そういう母親にもよく会うんだろうな」

「ありとあらゆる母親がいるわ。怯《おび》えた母親、神経質な母親、どっしり構えた母親。気の毒なことに、まったく育児ができない母親」ソフィーは両腕で自分の体を包み、腕をさすった。

「育児ができない母親はどうなるんだい？　そういった親の子どもたちは施設に送られるのか？」

「基本的な育児のスキルを教えて、自信をつけさせるだけで大丈夫な場合もある。その一方で、民生局や警察と連携して、私たちが介入しなくてはいけない場合もある。育児放棄《ネグレクト》や虐待の原因は根が深いことが多いの。薬物やアルコールの中毒とか、心理的な問題とか」ソフィーはぞくりと身を震わせた。

「どうしてこんな話をしているのかしら？」

「わからないよ」フィンも学生時代に知識として学んでいたが、ソフィーは日々こういった問題に直面しているのだ。こんな心労の多い仕事を続けながら、ソフィーは立派に子どもを育ててくれたのか。「君が有能でよかった。人によっては、育児が難しいこともあるんだな。君は実にすばらしい母親だ」

ソフィーは頬を愛らしく染めて微笑んだ。「あなたの魅力を全開にしてお世辞を言う作戦なの？」

フィンは侮辱されたふりをした。「僕は魅力にあふれているが、お世辞を言ったりしないよ」

笑いながらソフィーは首を横にふった。「その手には引っかからないわよ」

「ご両親がラキーに会ったことは？」

「ラキーが生後十週間のころ、慌ただしく会いに来たわ」ソフィーは苦笑した。「母はハウスキーパーに何でもやってもらう生活に慣れているから、あまり助けにならなかった。それどころか〝お茶を淹《い》れてちょうだいな〟って私に頼むありさまで」

「それで、君はお茶を淹れてやったのか」ソフィーは自立した強い女性という印象があるが、明らかに両親との関係に問題を抱えているようだ。

「ええ、一杯めは淹れてあげたわ。何と言っても、うちに来たお客さまだもの。二杯めも私が淹れた。さすがに三杯めが欲しいと言われたときは、自分で淹れてもらったわ。母は友だちに見せびらかす写真を撮ると、次の朝さっさとドバイへ帰っていった。正直なところ、両親が帰ってくれてほっとしたわ」

ソフィーの家族は、フィンの家族とはまったく異なっていた。父は家にいたためしがなかったものの、母はフィンと兄に惜しみない愛を注いでくれた。お金はあまりない代わりに、時間でそれを補ってくれた。フィンが自分本位でなければ母は今も生きていたかもしれないと思うと、胸がずきりと痛んだ。若くて愚かだったときの埋め合わせを、僕は今からしなくてはいけない。

「君たち二人のために、僕は何をすればいい？」

ソフィーはちらりとフィンの手元を見た。「あら、魔法の杖《つえ》は持っていないみたいだけど？」

「ふだんは隠していて、特別な人のためにだけ出すんだ。上手に頼んでごらん」おいおい、僕はいったい何を言っているんだ？

フィンの冗談にソフィーが笑うことさえ、魔法のように感じられた。ソフィーの頬が赤くなる。「フィン・ベアード、いったい何が言いたいの？」

「ごめん。ただの思いつきだよ」

「あなたって困った人ね」ソフィーは上目遣いにフィンを見た。その笑みは、友人に向けるものにしてはやや色っぽく感じられた。「本当に口説くのが上手いこと。でもそんな台詞《せりふ》に私が引っかかるなんて、二度と思わないで」

「そいつは残念だ」フィンは肩をすくめて微笑んだ。ソフィーの愛らしい笑みと輝く瞳が、フィンの心身に強く訴えかけてきて、決心が揺らぎそうになる。「これは口説き文句なんかじゃないよ。僕はただ君に笑ってほしかっただけだ」

ソフィーは目をぱちくりさせた。「それなら、この二年半の苦労を吹き飛ばすほど笑わせてもらわなくちゃね」

「君がそんなに困っているなんて、僕は知らなかったんだから仕方ないだろう」フィンも笑った。「真面目な話、僕は何をしたらいいんだ？」

「何もしなくていいわ、フィン。ただラキーのそばにいてくれればいいの」

「なぜ君がその点にこだわるのか、今ならわかる。君のお父さんがそばにいてくれなかったからだね」

「あんな話をするべきじゃなかったわ。結局のところ、両親はラキーにとって祖父母なんだもの。ラキーには、あの二人に反感を持ってほしくないわ」

フィンの悪口だって、ソフィーはラキーに一言も聞かせていないに違いない。ソフィーには他人を責めない、穏やかで控えめなところがあった。「ご両親のことは、僕もラキーには何も言わないよ。そもそも僕が口をはさむべきことじゃない」

「あなたのほうはどんな家族だったの？」

「お節介な兄が一人いる。あんまり僕の人生に口をはさんでくるものだから、南半球へ追い払った」

「南半球へ追い払った？　いったいどうやって？」

「兄は自分のせいで僕が事故に遭ったと思い込み、自責の念に駆られていた。だから治療からリハビリから食事から、とにかく何から何まで、僕の気が休まる暇もないほど口を出してきた。そこで僕は兄を遠ざけるために、ニュージーランドで三カ月の研修を受けてもらうことにした。兄はそこで一人の女性と出会い、向こうで身を固めることにしてくれた。これ以上ないくらい上手くいったよ」

ソフィーは立ち止まり、根掘り葉掘り訊ね始めた。

「本当にお兄さんのせいだったの？　事故はどんなふうに起きたの？」

その話はしたくなかった。礼を失せずに話をそらすにはどうすればいいだろう？「それは――」

「ラキー！　さわっちゃだめ！」いきなりソフィーが、羽化したばかりの蝶に手を伸ばしているラキーのほうへ歩き出した。

窮地を息子に救われ、フィンの胸に安堵《あんど》が広がった。遭難した夜のことも、あのときの自分の状況も思い出したくなかった。ソフィーのことだから、きっと思いやり深く話に耳を傾けてくれるだろう。そしてフィンは悪くなかったと言ってくれるだろう。だがソフィーがフィンの何を知っているというのだ。

「この子は興味が先に立って、まだ力加減がわからないだけさ」ソフィーの制止にもかかわらず、ラキーの手は蝶にふれる寸前だった。

ソフィーは眉を上げた。「だからこそ、ちゃんと教えなくちゃ。ラキー、この蝶はまだ赤ちゃんなの。優しくしてあげて」

蝶の羽根をむしりそうなラキーを止めようと、ソフィーとフィンが同時に伸ばした手が、ラキーの腕の上でふれ合った。指がソフィーの肌にふれたとたん、フィンの下腹部がぞくりと震えた。ソフィーは小さく笑って手を引いた。フィンのように妙な感覚に襲われていないのは明らかだった。「本当に困った子。いっときも目が離せないわ」

二人の視線が絡み合った。その瞬間、笑い声が途切れ、二人の間に甘い官能の香りが流れた。不意にフィンは二年半前のあの夜に引き戻され、ソフィーに感じた激しい欲望を思い出した。

ぐずり始めたラキーにソフィーの注意がそれたので、フィンは大きく息を吐いた。

胃袋がすうっと落ちるような感覚とともにフィンは母子から目をそらした。僕がソフィーに惹《ひ》かれても、絶対にいい結果にはならない。息子こそ授かったものの、僕はまだ家庭をもうける覚悟ができていないのだから。とりわけソフィーのような女性とは。ソフィーには、僕なんかよりもっと立派な男性がふさわしい。

5

ぞくりと鳥肌が立ち、長い眠りから覚めた何かが下腹部の奥でうごめくのを感じて、ソフィーは慌てて手を引き抜いた。記憶がくすぐられ官能がうずいたのは、手がふれ合い、シトラスと革の混じったフィンの香りを嗅いだからだけではなかった。ごく自然にフィンと軽口を叩《たた》いてしまったからだ。魔法の杖《つえ》の話をしたときに、気持ちが浮き立つのを感じてしまったからだ。

フィンは相変わらず魅力的で、本当に魔法使いのようだった。

困ったことに、そのせいで長い間、味わうことすら忘れていたものを思い出してしまった。ソフィーはごくりと唾をのみ、むずかるラキーをベビーカーに乗せて話題を変えた。「さあ、ヘビを見に行きましょう。もうすぐ飼育員の解説タイムだから、ヘビにさわることができるのよ。それともタランチュラを見に行く？」

フィンが身をおののかせた。「そんな苦行を強いられるとは知らなかったよ」

「あら、怖いの？」

「クモは平気さ」何でもなさそうな口ぶりだが、見開いた目を見れば平気じゃないのは明らかだった。

「ヘビは？」

「平気だよ」もう一度フィンが大げさに身震いしてみせたので、ソフィーは声をあげて笑った。

「断言できる？」

「もちろん。人間は生まれつきヘビやクモを怖がるように作られている。僕は遺伝子の命ずるままに反応しただけだ」

「ありきたりな言い訳ね」ソフィーも軽い口調で応じた。「無理だと思ったら飼育員に返せばいいだけじゃない。恐怖と戦うことも覚えなきゃ」私のように。私だってリスクは承知の上で、フィンをラキーの父親として受け入れようと努力しているのだから。

でもフィンだって日々、戦っている。片脚を失った現実を受け入れ、笑顔で患者に接するのはとても勇気が要るに違いない。フィンは肩をすくめた。

「ここで僕がチャレンジしなかったら、後々ずっと蒸し返されるんだろうな」

「もちろんよ」ソフィーはウインクをし、フィンに背を向けて歩き出した。フィンから、そして中毒作用のある彼の微笑《ほほえ》みから距離を置くために。

ヘビ舎前の広場では、大きなニシキヘビを首に巻いた飼育員がヘビの解説を始めていた。ヘビを見せてやろうと、ソフィーはベビーカーからラキーを抱き上げた。けれどラキーは疲れたのか、飼育員を見ようともせずソフィーの首にしがみついた。ソフィーはわが子の重みを腕に感じながら、幼児の匂いを胸に吸い込んだ。やがてラキーが身を預けてきて、睡魔に負けたのがわかった。

これこそソフィーが好きな瞬間だった。ラキーが母親を信頼しきって身を委ね、吐息とともに眠りに落ちるとき。胸にこみ上げる無条件の愛を実感するとき。本当は誰ともこの瞬間を分かち合いたくないのだと気づいて、ソフィーの胸がずきりと痛んだ。

フィンが二人の生活に関わることになったら、母子の関係は変わるだろうか？　フィンはいつまで私たちに関わってくれるだろう？　私の両親がそうしたように、いずれ私たちを置いて自分だけの冒険に出かけてしまわないだろうか？　会いに来ると約束した日にちゃんと来てくれるだろうか？

本心を言えば、フィンが育児に関わることでこれまでの均衡が崩れ、自分の力が弱くなるのは嫌だった。ソフィーのすべてだったラキーとの間に、誰かが割りこんでくるのは嫌だった。フィンとラキーが楽しいことに出かけるのに自分だけ取り残され、二人の冒険譚《ぼうけんたん》を聞くしかない立場に立つのも嫌だった。

ちらりとフィンを見やると、飼育員からヘビをさわってみろと声をかけられ、尻込みしていた。フィンは笑いながらこちらに目を向け、ソフィーがラキーを抱いているのに気づいた。

フィンの目に、息子への切々とした気持ちがこみ上げるのが見えた。

ラキーを委ねたくはなかった。でも、やらなくては。少なくとも試してみなくてはいけない。ラキーは父親からも愛されるべきなのだから。

「重くないかい？」フィンは欲しくてたまらないものがあるのに、欲しいと言い出せずに困っているように見えた。フィンは努力している。少なくとも、いきなり子どもの存在を知らされたのに、逃げることなくここにいてくれる。

「もう慣れたわ。子どもが大きくなるのに合わせて、腕力もついてくるし。あなたも抱いてみたい？」

「起こしてしまわないかな？」フィンはぱっと顔を輝かせつつ、そう訊《たず》ねた。

「大丈夫。この子はいったん寝入ったら熟睡するの」フィンの脚に目をやって、ソフィーは配慮が足りなかったと反省した。「腰を下ろしてもらって、膝の上に置いたらいいかしら」

フィンは瞳をけぶらせ、奥歯を食いしばった。そして昂然《こうぜん》と顔を上げ、ぴしゃりと言い返した。「僕は寝たきりの病人じゃない。自分の子どもくらい立ったままで抱ける」こんなふうに自らの力を示そうと戦うフィンを見るのは初めてだった。ハンディを負っていても、フィンがごく普通の人間として扱われたがっているのがわかった。

「あなたには無理だと言っているんじゃないの。抱いているうちに重くなるから、座ったほうが楽だと思っただけよ。言い方が悪かったわ。ごめんなさい」ソフィーは片手でラキーの頭を支え、もう一方の腕でおしりを抱えるようにしてフィンに渡した。

フィンがソフィーの抱き方を真似《まね》て、全体重を右足にかけ、ラキーを右の肩に抱き寄せる。バランスは悪そうだが、不安定には見えなかった。フィンは大人だし、自分の限界はわかっているはずだ。ここはフィンを信じて任せよう。ソフィーはラキーを起こさないよう小声で伝えた。「あなたにラキーを抱かせるのが心配だったわけじゃないの。ただ……この家族ごっこに緊張しているだけ」

ソフィーの言葉を聞いて、フィンは肩から力を抜いて小さく微笑んだ。そっと息子の頭に額を寄せたとたん、フィンの全身が柔らかくなったように見え、同時に誇らしさで背筋が伸びたようにも見えた。ソフィーは説明のつかない感情に襲われて、一瞬目をそらした。「いきなりの成り行きで、ちょっとびっくりだな。何だか不思議な感じがする」

　これでフィンにも、ソフィーがどんな思いを味わってきたか、少しは伝わったかもしれない。もっともソフィーがどれほどよるべなく、孤独にうちひしがれたか、どれほど必死に頑張って生きてきたかは実感できないだろうけれど。ソフィーは持てるものすべてを、そして思いのすべてをわが子に注いできた。でも、これからはラキーとの暮らしを、まだ父親の資質があるかどうかわからない男性と、一部とはいえ共有しなければならないのだ。「私以外の人がラキーを抱くなんてめったにないから、私も何だか変な感じがするわ。でも慣れるように頑張るわね」扉を開いてフィンを招き入れてしまった以上、もう後戻りはできない。

　フィンはうなずいた。そして、まっすぐソフィーと視線を絡ませた。「さっきはきつい言い方をして悪かった。ただ……僕にハンディがあるからといって、変に気を遣わないでくれ。あれこれ余計な世話を焼かれるのはまっぴらなんだ」フィンはラキーをのせていないほうの肩をすくめた。「僕は車が運転できる。自転車にも乗れる。下手くそだがスキーだってできる。たしかに、何をするにも前のように速くは動けない。でも息子を抱くのはそこまで難しいことじゃない。僕ができること、できないことは、ちゃんと君に伝えるよ」

「わかったわ」この点に関してはフィンの主張をのむしかない。フィンは寝たきりの病人ではないのだから、そんなふうに扱われるのは心外だろう。ソフィーの思慮が足りなかったせいで、初めて父子がふれ合う時間にけちがついてしまった。何とか埋め合わせをしようと、ソフィーはジョークに頼ることにした。「ラキーを抱いているのは、ヘビを抱かずにすむからでしょう?」

「ばれたか」フィンの瞳がエジンバラの夏空のように明るく輝いた。「だけど、君は遠慮なく首にヘビを巻きつけてくれてかまわないからな」フィンは空いたほうの手を挙げ、飼育員の注意を引いた。「ここに希望者がいます」

「フィン・ベアード、何てことをしてくれたの」ソフィーは拳を腰に当て、フィンを睨《にら》みつけた。

飼育員がヘビを近づけてくると、フィンはにやりと笑った。「さて、君の度胸を見せてもらおうか」

ソフィーは大きく息を吸うと、いかにも平気な顔を装って、肩にヘビを巻きつけてもらった。「意外と重いのね。ぬるぬるしていると思っていたけれど、全然そんなことないわ」

フィンがそっとラキーを揺すって声をかけた。「ほら、ママを見てごらん」けれどラキーはあくびをして顔をそむけた。フィンは肩をすくめた。「ヘビは見たくないらしい。賢い子だ。僕の遺伝なのは間違いない」

「あら、その子が賢いのは私譲りよ」自分でも驚いたことに、ソフィーは軽口を返していた。

「でもユーモアのセンスは僕の血筋だ」フィンは笑って応えた。二人の視線が絡み、笑い声が消えていった。熱くけぶる瞳に見つめられて、ソフィーの下腹部がうずいた。

「この子があなたから受け継いだのは……」フィンから目が離せなかった。ラキーと似ている点を見つけるためではなく、彼のむき出しのセックスアピールがひしひしと迫ってきたからだ。思い切りしがみついても、しっかり受け止めてくれる幅広い肩。笑うときゅっと上を向く口角。気分によって色が変わる生き生きした目。今フィンの目は、黄金の斑点をちりばめた濃紺のベルベットさながらに、深い色合いをたたえている。「ごわごわの髪の毛かしら」

「気の毒な子だ」フィンは声をあげて笑った。「でもこの子の顔は君に似ている、ソフィー。とても美しい」

　フィンは言葉に窮して口ごもったように見えた。その手がソフィーの頬を包み、親指が下唇をゆっくりたどり始める。欲望のおののきがソフィーの芯を震わせ、さらに体の奥へと広がっていった。引き寄せられるように顔を近づけると、フィンの温かい息が肌をくすぐった。こちらを見つめるフィンの目がもの欲しげにきらめく。フィンにふれてもらいたくて全身がうずいた。

「願わくば――」フィンが低い声で言った。

「願わくば、何？」心臓が早鐘を打ち始め、フィンにふれたい衝動がこみ上げてきた。つま先立ちになって唇を重ね、もう一度フィンを味わいたい。かつて分かち合った心身の深い絆《きずな》を追い求め、再び火を点《つ》けてみたい。

　何てことだろう。私は彼とキスをしたいと思っている。

　けれど、そんなことをするわけにはいかない。ここでは絶対にだめだ。彼の腕にはラキーが、私の首にヘビが巻きついていて、公衆の面前なのだから。いや、そもそもキスなどしてはいけないのだ。それがわかっていても体のうずきは消えなかった。

「何でもない」フィンは顔をそむけた。自分の置かれた状況の重大さが、ようやく腑《ふ》に落ちたように見えた。フィンの願いとは何だったのだろう？

　その願いは、私がずっと感じながら抗《あらが》ってきたものと同じだろうか。互いに惹《ひ》かれ合う力に身を任せたい、もし違う成り行きだったらよかったのにという思いと同じなのだろうか。

　飼育員に声をかけられて、ソフィーはわれに返った。彼は大きなカメラを三人に向けていた。「ほらお父さん、笑ってください。どうしたんです？　近すぎて気もそぞろですか？」

「ああ、まあね」フィンは首をすくめると目ををしばたたき、ごくりと唾をのんだ。

フィンはヘビが近すぎると言いたいのか、それともキスできそうなほどソフィーが近いと言いたいのだろうか。ソフィーの隣でフィンが身をこわばらせた瞬間、彼の緊張はヘビと関係ないことがわかった。

そのときフィンの腕の中でラキーが身じろいだ。ラキーはフィンの胸に頭をこすりつけたかと思うと、ぴたりと動きを止めた。何かがいつもと違うと気づいたのだろう、ラキーは目を上げ、フィンの顔を見たとたん、顔をくしゃくしゃに歪《ゆが》めた。

たちまちラキーは目に大粒の涙を浮かべ、この世の終わりだと言わんばかりに泣き出した。ラキーは身をよじり手足をばたつかせて、ソフィーのほうへ腕を伸ばした。「ママ、ママ」

ソフィーは安心させるような笑みを浮かべた。

「ラキー、大丈夫よ。この人はフィン。忘れたの？」

暴れるラキーを義肢で支えるのが大変なのか、フィンはよろけそうになって奥歯を食いしばった。そしてラキーの耳もとで言った。「心配は要らないよ、ラキー。君は眠っていただけだ。ほら、見てごらん。ママの首にヘビが巻きついているよ」

「やだ！」ラキーは小さな拳でフィンの胸を叩き、全身をのけぞらせた。「ママ！　ママ！」

フィンの顔から満足げな笑みが消え、その目にパニックと混乱が浮かんだ。フィンはラキーを抱く腕を伸ばして、胸から離した。「君が抱いてくれ」父子が仲よくなるというソフィーのはかない望みは、その瞬間に砕け散った。

「まずヘクターを僕が引き取ろう」飼育員がソフィーの首からヘビを外してくれた。けれど肩にかかる重みは少しも減ったように感じられなかった。

「さあラキー、ママはここよ」本当はラキーを受け取りたくなかった。父と子の間に、何か特別な絆が生まれればいいと思っていた。でもラキーがこの状態では、そんなことは望むべくもない。ソフィーは息子を受け取り、しっかり抱き寄せたが、目はフィンから離さなかった。フィンはひどく気まずい思いを味わっているようだった。「あなたのせいだとは思わないで。ラキーは寝起きは機嫌が悪いの」

「ああ、そうなんだね」フィンの声は懐疑的だった。「僕は帰ったほうがよさそうだ」

ソフィーは状況を冗談に紛らそうとした。「あら、ヘビのあとはタランチュラを見に行こうと思ったのに」

フィンはジョークに食いついてこなかった。「こうするのが一番いいと思う。ラキーになじんでもらえるまで、まだ時間がかかりそうだ」そう言ってフィンはポケットに手を突っ込んだ。

「ええ、そうね。今日は大きな一歩を踏み出せたけれど、二年のギャップをたった一日で埋めることはできないわ」それぞれが気持ちの整理をつけるのに、時間が必要だ。少なくともソフィーはそうだった。「せめて帰る前に写真を撮ってもらいましょう」

フィンは何とか笑みを浮かべて、カメラの前に立ってくれた。

ソフィーがラキーをベビーカーに乗せたとたん、フィンは急ぎ出した。「じゃあ僕は帰るよ」

「わかったわ。今日は大事な第一歩の日よ。よければ――」来週、もう一度トライしてみない？

けれどフィンは聞いてもいなかった。ソフィーが言い終わる前に、フィンはこちらに背を向け、出口に向かって歩き始めていた。ソフィーの胸が痛んだ。今日が上手くいかなかったことだけでなく、フィンとのキスをもう一度味わえなかったのが残念だった。

6

帰宅したフィンはどさりとソファに腰を下ろし、義肢を外してシリコンのライナーをはがした。ひりひりして赤くなっていた皮膚に冷たい空気がふれたとたん、思わずほうっと息が漏れた。

今日は休憩もせずに動きすぎた。

フィンはでこぼこした切断面と縫合の痕に、強いて目を向けた。ふくらはぎと向こう脛《ずね》、そして足があったはずの空間を見つめた。

そして、あらためてそれを受け入れようと努めた。これが今の僕の姿なのだ。それでも、脚があったらと願わずにはいられないときもある。外見はようやく受け入れられるようになった。その一方で、できないことがあるのはなかなか受け入れられなかった。僕は自分の息子を抱くのでさえ、介助が必要な人間だと見なされたのだ。少なくともソフィーには。

わが子をしっかり抱くことすらおぼつかないと思われているのに、ましてその子を守れるなんてどうしたら信じてもらえるだろうか。

フィンは縫合の痕を指でたどり、摩擦で生じた痛みが少し治まるまで優しくマッサージした。

心の痛みもマッサージで楽になればいいのに。

僕の息子は、僕を好きになってはくれなかった。ソフィーは必死でラキーを取りなしていたが、好意は無理強いできるものではない。息子は僕が嫌いなのだ。

もの思いを破ってロックのビートが鳴り響いた。兄カルムの着信音だ。ニュージーランドは真夜中だが、カルムは夜勤の救急救命士として働いている。つまり出動要請さえなければ、フィンに電話できるというわけだ。実際、兄はフィンの様子をたしかめるために、たびたび連絡してきていた。

　フィンはためらったが、電話に出ることにした。どうせ兄はフィンが応じるまで何度もかけてくるに決まっている。画面をフリックすると、救急ステーションの白い壁を背景に、マグカップが大写しになった。携帯電話をテーブルに置いているのか、下から仰ぎ見る形で兄の顔が映っている。

「やあ兄さん。調子はどうだい？」

「よかったり悪かったりだな」カルムは顎を掻《か》き、椅子の背に身を預けた。長話をする構えだと気づいて、フィンはげんなりした。

「出先から帰ってきたところなんだ」

「へえ、どこへ行ってきたんだ？」兄の困ったところは、必死でさりげなさを装おうとするところだ。そのわざとらしさが、何よりフィンにはいらだたしいというのに。「デートか？　観戦か？」

「ラグビーの試合には、事故のあとは一度も行っていないし、これからも行くつもりはない」

　カルムの眉が上がった。「つらい現実にも向き合ったほうが、いいセラピーになるんじゃないか」

　どうしてみんな同じことを言うのだろう。「家の外へ出なくたって、つらい現実には向き合える。脚を見さえすればいいんだから。僕がどうするべきか、あれこれ指図しないでくれ」

　カルムは肩をすくめ、椅子に座りなおした。「すまない」兄の目の下にはどす黒い隈《くま》ができていた。

「ひどい顔をしているな」

「赤ん坊が昼寝をするタイミングで眠ろうと思うんだが、なかなか上手くいかなくてな」カルムは顔をさすってあくびをした。「とにかく、ラグビーでもデートでも、何かに関心を持ったほうがいい」

「心配してくれているのはわかる。でも、この話は前もしたはずだ。僕はもう大人なんだから、何をするかは自分で決める」そしてその責任も自分で負う。

　つまり、ラキーのことを兄に打ち明けるべきなのかもしれない。

　フィンは大きく息を吸い、何をどう話すべきか考えた。六カ月前に恋に落ちたカルムも、今のフィンと同じように感じたに違いない。恋の相手が、カルムではない男性の子どもを人工授精で身ごもっていたからだ。彼らは今、生まれた子どもとともにニュージーランドで幸せに暮らしている。もしフィンがよい父親になりたいのなら、実際に父親である誰かのアドバイスが必要だ。そしてフィンの知り合いで子どもがいるのは、兄だけだった。「兄さんに言っておかなければいけないことがあるんだ」

　とたんにカルムは顔をしかめ、心配そうに身を乗り出してきた。「何だ？　何か問題でも？」

「よくわからない」

「大丈夫か？　まだ薬はあるか？　抑うつ状態は思いもかけないときに再発するぞ」

「僕なら大丈夫だ。脚を失った落ち込みならもう乗り越えた」ラキーとソフィーは、フィンの心を弾ませこそすれ、落ち込ませる要因ではなかった。少なくとも今日ラキーが泣きわめくまでは。親になるためには、何億というハードルを越えなければいけない。フィンはごくりと唾をのみ込んだ。「僕に子どもがいるとわかったんだ」

「子ども？　本当に？」カルムは顔をのけぞらせて笑い出した。「僕の真似《まね》か？　おまえはいつも兄の僕にライバル意識を燃やしていたからな」兄は真顔に戻った。「それはいいことなのかい？」

　どうだろうか？　これから自分がどうするべきか、これから何が起きるか、幾夜も寝ずに考えたことをフィンは思い起こした。「うん、よかったよ。一歳六カ月の男の子で、名前はラクランというんだ。ラキーと呼んでいる」

「そいつは大ニュースだな。僕もそちらに行って手伝ったほうがいいか？」

「来なくてもいいよ。知らせておきたいと思っただけだ。兄さんは伯父になったんだぞ」

カルムは驚きに目を見開いた。「この僕がカルおじさんだって？　おまえの息子が母親似であることを祈るよ」兄の目が探るように鋭くなった。「ところで、その子の母親はどこの誰なんだ？」

「ソフィーといって、彼女は……」ソフィーのことは説明が難しい。フィンは一目惚《ひとめぼ》れの類を信じていなかった。けれど、出会ったとたんにソフィーと惹《ひ》かれ合ったのは間違いない。

黙っていると、カルムが勝手に話を続けた。「おまえが口説いたファンの一人か？」

「違うよ」たしかに、恋人を取っ替え引っ替えしているという評判が立ったこともあった。あのころのフィンは若くて未熟だった。だが、あれからいろいろなことがあった。実際問題、ソフィーのあとでフィンがベッドをともにした女性はいない。「そんなんじゃない。全然違うよ」

「フィン・ベアード、昔はおまえの周りに女の子が群がっていたじゃないか。ソフィーのどこが特別なんだ？」

「特別だなんて言っていない」けれどソフィーは特別だった。今日は彼女にキスしたいと思った。今でもソフィーにキスがしたかった。

これまでだってキスしたくなった女性も、実際にキスした女性もたくさんいる。でもソフィーとのキスは、思っている以上に大きな意味がある気がした。

こちらの様子を見守っていたカルムが苦笑した。「何も言わなくていい。おまえの顔に全部書いてある。これは面白い。とても大切な女性らしいな」

「まったく、どうして兄さんの電話になんか出ちゃったんだろう」

「おまえが僕を愛しているからさ」

たしかに兄のことは愛している。恩義も感じている。けれど、ここまで踏み込んでほしくないと思うときも多かった。「僕が話したかったのは、そんなことじゃない。僕はただ、父親になるにはどうしたらいいかを訊《き》きたかったんだ。いい父親になるには何をすればいい？」

カルムは椅子に背を預けてにっこり笑った。「僕だってエキスパートにはほど遠いさ。グレースはまだ生後六カ月なんだから。だが強いて言えば、正しいと感じることをすればいい」

息子の母親にキスをするのは正しいことに感じられた。彼女を抱きしめ、ベッドをともにするのも。でも息子のためを考えれば、それらは何一つ実行に移すわけにはいかなかった。「ラキーは僕が嫌いなんだ。昼寝するあの子を抱いていたら、目を覚まして母親じゃないと気づいたとたん、大声で泣きわめかれた」

ラキーにもがかれたときの無力感が、まだ心にのしかかっていた。ラキーの笑い声でそれを打ち消したかった。ラキーが母親にしか聞かせない、あの明るい笑い声で。

カルムが口を開いた。「おまえはその子に関わりたいのか？　あのろくでもない僕たちの父親とは違って、そばで成長を見守りたいのか？」

「もちろんだ」

「それなら、そうすればいい。できるだけ子どものそばにいろ。忍耐力の勝負だ。いずれ向こうが根負けして、おまえにも心を開いてくれる」

簡単そうに言うが、兄は目の当たりにしていないのだ。フィンに抱かれていると気づいたラキーの、恐怖とパニックの表情を。

「ソフィーはどうすればいい？」

「彼女にも心を開いてもらえばいい。おまえのウイットと、兄に似たハンサムな外見で」

「それは大変な難問だな」自分で自分が信用できないのに、どうしてソフィーに信用してもらえるだろう。問題はそれだけではない。フィンは何より恐れていることを兄に打ち明けた。「でも、もし上手くやれなかったら？」

　遠回しに言う必要はなかった。フィンが雪山で滑落したとき、凍える夜の間ずっと励ましてくれたのも、けがから回復する一つ一つの過程でうるさいほど寄り添ってくれたのも、この兄だったのだから。

　もし僕が上手くやれなかったら？　やり遂げる勇気がなくて楽な道を選び、ダメージを大きくしてしまったら？

「いいか、フィン。おまえはスワンズで最も得点を挙げたスクラムハーフだ。おまえは敵の野次にも、レフェリーのずるい判定にもたじろがなかった。昂《こう》然《ぜん》と頭を上げて攻め続けた。事故のあとも全力でリハビリに取り組んだ。誰もが反対したのにスキーに行った。親になるのが簡単だと言っているわけじゃない。でもおまえならできる。なぜなら、そうしないわけにはいかないからだ。わが子とその母親と関わる人生のほうが、関わらない人生の何倍もすばらしいからだ」

　兄の言うとおりだった。ソフィーとラキーのいる人生のほうが、育児のすべてを見逃す人生より、格段にいいに決まっている。入学式。ぐらぐらする乳歯。自転車に乗る練習。

　父がどうして息子たちと関わらずにいられたのかわからなかった。ラキーの存在を知ってから一週間足らずにもかかわらず、フィンは次に会うのが待ち遠しくてたまらないというのに。

　フィンは適当な言い訳をして電話を切ると、ソフィーとメッセージのやり取りをしていたアプリを開いた。もう連絡するのは早すぎるだろうか？

フィンはかまわなかった。

〈ラキーはどうしている?〉

本当は、〝君とラキーはどうしている?〟と訊《たず》ねたかった。でもあまり個人的に迫って、ソフィーを怖がらせたくなかった。

どきどきしながら待っていると、返事があった。

〈ぐっすり眠っているわ。私もそろそろ寝るつもり。今日は疲れたし、長い一週間だったから〉

フィンは月曜日に思いをはせた。あのときはまだ、息子の存在もソフィーが近くに住んでいることも知らなかった。それから、強引にも軽率にもなりすぎないよう、言葉に気を遣いながら返事を打った。

〈たしかに大変な一週間だった。今日はありがとう。そそくさと帰ってしまって申し訳ない〉

すぐに返事が来た。

〈心配しなくても大丈夫。ゆっくり事を進めて、徐々にラキーと仲よくなればいいわ〉

フィンはそこまで根気強く待てなかった。

〈来週また会えないか?〉

メッセージを送ると同時に、フィンは後悔した。ちょっと強引だった。ソフィーはそんなにすぐには僕に会いたくないだろう。僕は彼女にキスしそうになったのだ。それとも彼女はヘビに気を取られていて、気がつかなかっただろうか?

けれど、すぐにメッセージが返ってきた。

〈水曜日に保育園で、食事とワインを持ち寄る親睦会があるの。料理は私が持っていくから、あなたはワインを持ってきて。できれば白ワインがいいわ。六時に私の職場で待ち合わせましょう。保育園は歩いていけるほどすぐ近くにあるから〉

その直後に次のメッセージが来た。

〈最後の一文に悪気はなかったわ〉

フィンは微笑《ほほえ》んだ。片脚のないフィンに対して、誰もが後ろめたさを感じない日が来るのは、もう少し先らしい。

〈わかっているから気に病まないでくれ。先週末は、八キロの長距離走に参加したくらいだ。壊れもののような扱いをしてくれなくても大丈夫。僕は少々のことでは壊れないからね〉

〈ユーモアのセンスのある人は好きよ〉

軽やかな笑い声をあげて微笑むソフィーの姿が目に浮かんだ。フィンはすぐさま返事を打った。

〈僕も君が好きだ〉

しまった。どうしてこんなメッセージを送ってしまったんだ？　ここまで上手くやってきたのに。

数分の間、何の応答もなかった。どうやらしくじったらしいと思っていると返事があった。

〈そろそろ寝るわ〉

白いリネンのピローケースに広がる黒髪が脳裏に浮かんだ。穏やかな寝息。アップルとバニラの混じったフローラルの香り。フィンはすぐ返事を打った。

〈いい夢を〉

〈もちろんよ〉

〈どんな夢か気になるな〉

〈それは秘密。水曜日に会いましょう。おやすみなさい〉

ソファのクッションにもたれかかり、フィンは笑みを浮かべた。またソフィーに会える。それもすぐに。今夜はいい夜になりそうだ。

7

水曜日までソフィーは悩ましい日々を過ごした。フィンには抗《あらが》いがたい何かがある。彼のそばにいるとつい軽口を叩《たた》き、その魅力にほだされて、思わせぶりなことを言ってしまう。ひょっとしたら、土曜の夜のふざけたメッセージも誤った印象を与えてしまったかもしれない。

あと二十分でフィンが来ると思うと、ソフィーは気もそぞろで仕事に集中できなかった。

これではだめだ。ラキーの親として、フィンと差し障りのない関係を続けるためには、二人の間に感情的なつながりがあってはいけない。

今夜の目的はフィンを保育園に連れていき、息子の日常にふれてもらうこと、それだけだ。だから、自分がそわそわと心を浮き立たせても意味はない。

もの思いを破って、オフィスのドアをノックする音が響いた。受付係のイブリンが、厳しい表情で顔をのぞかせる。「ジャッキー・キャンベルが子どもたちを連れてきているわ。助けてほしいそうよ」

「クリニックはもう三十分前に閉まっているのよ。ジャッキーだってそれは知っているはずなのに」そう言ってからソフィーは自分をたしなめた。ジャッキーは何度もつらい目に遭いながら、貧しさから抜け出そうとあがいている気の毒な女性だ。三人の子どもたちはみな五歳以下で、それも心配の種だった。

「ジャッキーはどんな助けを求めているの？」

イブリンは肩をすくめた。「言おうとしないの。でも気が立っているし、怯《おび》えてもいるみたい」

ちらりと時計に目をやってソフィーの心は沈んだ。時間外の相談に応じれば、親睦会に遅れてしまう。

こんなとき、フィンならどうするだろう？

思わずそんな疑問が頭に浮かんだ。

フィンなら困っている人を助けるために、あらゆる努力を惜しまないはずだ。彼ならきっとわかってくれる。「すぐに行くわ」

オフィスを出ると、ジャッキーと子どもたちに加えて、夫のビリーもいることがわかった。ビリーはアルコール依存の既往症がある、粗暴な男だった。ビリーは体をふらつかせ、焦点の合わない目で妻をどなりつけていた。「子どもたちを連れてさっさと家に帰ってこい」

「嫌よ。もうがまんできない。二度とお酒は飲まないと言ったくせに、べろべろじゃないの」ジャッキーは末っ子を後ろにかばいながら、夫に立ち向かった。まだ肌寒い季節なのに、ジャッキーは薄いＴシャツとくたびれたデニムのミニスカート姿だった。年長の子ども二人はプレイコーナーで静かに遊びながら、ちらちらとこちらの様子を窺《うかが》っている。

ソフィーは大きく息を吸うと、交渉スキルの訓練で教わったことを思い出し、中立的な態度を心がけながら、彼らに近づいていった。「どうしたの」

ジャッキーがぱっとふり返った。その目は落ちくぼみ、頬もげっそりこけている。「ソフィー、もうこの人にはうんざりなの。接近禁止命令を出してもらう手続きを取ってくれない？　酔っぱらったビリーを子どもたちに近づかせたくないわ」

「馬鹿なことを言うな、ジャッキー」ビリーはゆらゆら体をふらつかせながら顔をしかめた。ビリーもTシャツとジーンズという季節外れの格好だ。

ソフィーはできるだけ平静を保って、笑みを浮かべた。これは思っていたよりも慎重な対応が必要な状況のようだ。「話し合えば解決できるわ」ソフィーはビリーに向きなおった。「できるだけ穏やかに。この意味がわかるわね？」

「俺の子どもや妻に近づくな！」ビリーは鼻の穴をふくらませ、ソフィーをどなりつけた。

ソフィーの心臓が早鐘を打ち始めた。表面的には平静を保ったものの、内心はおののいていた。「ジャッキーは私に助けを求めに来たのよ。あなたのことも、望むなら助けてあげられるわ」

「おまえの助けなんぞ要らない。俺から子どもを取り上げることはできないぞ。俺は子どもたちを愛しているんだから」

「ええ、知っているわ」今日は気が立って荒々しいビリーだが、機嫌がよければ子どもと遊ぶし、子どもが生まれたときは感激のあまり涙ぐんでいたことも、今のように自制心を失ってかっとなったあとはくり返し謝っていることもソフィーは知っている。

ソフィーはなだめるように小さく手を上げた。ちらりと受付のイブリンに目をやり、誰にもわからないようにうなずいて見せる。イブリンはうなずき返し、デスクの下にある無音の通報ボタンを押した。

「子どもたちやジャッキーに安心してほしいの。あなただって彼らを愛しているなら、そう思うでしょう？」

「俺の家以外のところに子どもたちを連れていったら、おまえを殺してやる。わかったか？」ビリーは一歩、また一歩とソフィーに近づき、鼻がふれ合わんばかりに顔を近づけてきた。ビリーからは酒の臭いがした。洗っていない服と、汗の臭いも。ビリーは首に青筋を立て、震える指をソフィーに突きつけている。脅しに屈するものかとソフィーは一歩も引き下がらなかった。けれど手はビリーに劣らず震えていたし、緊張で呼吸も浅かった。もし今、急に動いたりしたら、ビリーは手を拳に握るかもしれない。痩せてはいても、彼はとても筋肉質で強靭《きょうじん》だ。

ソフィーはゆっくり息を吐いた。「ビリー――」

「ソフィーから離れろ。今すぐにだ」

フィンの声が聞こえた。

ソフィーは早鐘を打つ心臓を必死でなだめた。全神経をビリーの動きに集中しながら、半身だけふり返り、てのひらの動きでフィンに下がれと伝える。

「心配要らないわ、フィン。私たちで問題を解決しているところだから。そうよね、ビリー？」

こういう状況でなければ、怒りに目を燃やし、肩をそびやかしたフィンの姿はとてもりりしく見えただろう。ソフィーを守ろうとしてくれたことに胸が高鳴ったことだろう。

けれどソフィーははらわたが煮えくり返るほど怒っていた。よくもこんなふうに勝手に乗り込んでこられたものだ。私がなす術《すべ》もなく困っているようにでも見えたのだろうか。

体格のいいフィンにすごまれ、ビリーは二歩、三歩と後じさった。「俺は別に……何もしてない」

「そうだ。そのまま何もせず、座るんだ」ソフィーのいらだちに気づいていないのか、あるいは最初《はな》から無視しているのか、フィンはずかずかとビリーに近づくと、相手が椅子に座るのを待った。「誰か警察に通報したか？」

デスクの後ろでイブリンが手を挙げた。「警察はすでにこちらに向かっているわ」

「嫌だ」ビリーが顔をくしゃくしゃに歪《ゆが》めた。「酒を飲んで暴れた罪で、また留置所に入れられる」

「エジンバラ刑務所に逆戻りかもね」ジャッキーがビリーの隣に腰を下ろし、夫の手を取った。「ねえ、どうして同じことをくり返すの？」

「やめられないんだ」ビリーは力なく椅子に身を預け、手で顔を覆った。大粒の涙が頬をつたってリノリウムの床に落ちた。

涙を見せられてもジャッキーは動じなかった。

「今日支給されるはずのお金を何日も待っていたのよ。それなのにあなたは、そのお金でお酒を飲んでしまった。子どもたちはどうするの？ 食べ物は？ もうお酒は飲まないとあれだけ約束したのに」

ビリーは汚れたズック靴を見下ろし、首を横にふった。「すまない。がまんできなかったんだ。二度とこんなことはしないと約束する」

ソフィーは二人が気の毒になった。この一家には、一人めの子どもが生まれたときからずっと関わってきた。ビリーが立ちなおるためには職に就く必要があるが、何度約束してもビリーは最初の一歩さえ踏み出せずにいる。「ねえ、フードバンクはまだ開いているから、とりあえず食料をもらいに行きましょう。そして明日の朝にあらためてこれからのことを相談する、それでどう？」

ジャッキーが涙に濡《ぬ》れた顔を上げ、弱々しく微笑《ほほえ》んだ。「ありがとう、ソフィー」

「君を助ける方法も考えよう、ビリー」フィンがビリーの向かいに腰を下ろした。さっきまでのけんか腰の態度は消え、相手を理解し、慰める雰囲気を醸し出していた。「この世は生きづらいよな。状況はどんどん悪くなるのに、そこから抜け出す方法が見つからないときている」

「ああ」ビリーは肩をすくめ、顎をさすった。

フィンも自分の顎をさすった。「君は男らしくありたいと思っているのに、思うとおりの自分になれないのがつらい。すぐに答えを出せとみんなに迫られるが、応じることができない。そうじゃないのか?」

「俺には仕事がない。だから家族も養えない。今日パブの前を歩いていたら、バーテン募集の張り紙が出ていた。詳しく聞こうと店に入ったら、がまんできなくなって一杯飲んだ。それからもう一杯……」

「それでさらに気持ちが落ち込んだわけか。負のスパイラルだな」フィンはビリーと目を合わせず、まっすぐ前を見つめていた。ひょっとしたらフィンも交渉術の訓練を受けたことがあるのかもしれない。〝攻撃的な患者を相手にするときは、相手を刺激するから直接目を見てはいけない〟〝黙って傾聴し、共感を示す〟〝相手と同じ仕草を返して、信頼を得る〟「全部を自分一人で背負わなくてもいいんだ。君を助けてくれる人や場所はたくさんある。いいことを教えてあげよう。自分に助けが必要だと認められる男が――そして実際に助けを受け入れられる男こそ、本当に男らしい人間なんだよ」

ビリーはフィンに向き直り、問いかけるように眉を上げた。「あんたも……経験があるのか?」

フィンは腿に肘をのせ、相変わらずまっすぐ前を見つめたままで答えた。「ひどい状況に陥ったことはある。酒絡みではないが、今の君と同じか、それ以上につらい思いを味わった」

フィンがどれほど陰鬱な思いに耐え、どれほど努力を重ねて立ちなおったのかを思って、ソフィーの胸が締めつけられた。

ビリーはフィンの上等そうなレザージャケットに目をやり、ふんと鼻を鳴らした。「そんなつらい経験をしたようには見えないな」

今度はフィンはビリーの目をまっすぐに見つめた。「運のいいことに、僕には助けてくれる人がいた。君も大事な家族を失ってしまう前に、助かりたいとは思わないか？　君の家族には君が必要だ。でも、まず君が変わらなくてはいけない。助けてほしいなら一言そう言えばいい。ただし、心からそう思わなければ意味はない」

「いや、助けなんか要らない」ビリーは震える手で腿をさすった。「自分でなんとかできる」

フィンはうなずいた。「今日みたいに？」

「今日はちょっとしくじっただけだ」

フィンは黙ってうなずき、批判も意見も口にしなかった。「こういうことはよくあるのか？」

「ええ、しょっちゅう」ジャッキーが打ちひしがれた顔で答えた。「虚《むな》しい約束にはもううんざりよ。ビリーが死のうが生きようが、私の知ったことじゃないわ。むしろ死んでくれたほうがせいせいする。私たちだけで人生をやりなおすことができるもの」

「奥さんは本気みたいだぞ、ビリー。意地を張って、家族を、そしてすべてを失ってもいいのか？」

ビリーはフィンから目をそらし、自分の手を、次に床を見下ろした。妻に、子どもたちに目を向けた。それからゆっくりうなずくと、すがるようなまなざしで口を開いた。その口調には、今までソフィーが聞いたことのない決意と本気がにじんでいた。「俺を助けてくれ。今すぐに。俺がこれ以上、台なしにしてしまう前に。頼めるか？」

「もちろんだ。ここで待っていろ」フィンは立ち上がると、クリニックの外に出て電話を何件かかけた。

パトカーのサイレンが近づいてきたが、警察にはフィンが話をして帰ってもらった。

一家の顔に安堵《あんど》が広がった。もうこれで誰も悲しまずにすむ。家族がばらばらにならずにすむ。フィンはいったん戻ってくると、ビリーを連れて再び外へ出た。タクシーが来て、ビリーを連れていった。

ジャッキーが大きく息を吐いた。「ありがとう。ビリーのことは愛しているけれど、彼のせいで頭がおかしくなりそうだったの」

「フードバンクまで車で送るわ」そう言ってイブリンがジャッキーたちを連れて出ていった。

ソフィーとフィンは二人きりで取り残された。やり場のない感情がソフィーの胸で渦巻いた。たとえフィンがつらい過去を経験してきたのだとしても、ソフィーの仕事に余計な口をはさんだことは否めない。プライベートであれ仕事であれ、守るべき一線があることははっきり伝えておかなければいけない。

「これで一件落着だな。それじゃあ、これから保育園へ行くかい？」

「一件落着じゃないわ」落ち着けと自分に言い聞かせたものの、いらだちを抑えることはできなかった。「あなたはいったい何様のつもりなの、フィン？ 騎士気取りで私を助けようとするなんて。そもそも私は助けてもらう必要なんかなかったのに」

フィンの目が驚きに見開かれた。「あの男は君を脅していたじゃないか、ソフィー。まさか君は、僕が傍観しているほうがよかったのか？」

答えはイエスでもありノーでもあった。介入されたのは腹立たしかった。でもソフィーを思うがゆえに行動してくれたのは嬉《うれ》しかった。「私は話し合いの途中だったのよ。あのままビリーと話をさせてくれていたら、彼も落ち着いたはずだったのに」

降参とばかりにフィンが両手を挙げた。「わかったよ。僕の過剰反応だったらしい。それでも、あいつは君に手をかける寸前に見えた。君が傷つけられると思ったら、じっとしてはいられなかったんだ」

「うちのクリニックには緊急通報ボタンがあるの。危険を察知した瞬間に、事前の取り決めどおり、アイコンタクトで合図してイブリンに押してもらったわ。イブリンがいたんだから、私は一人きりでもなかった。何より私はこういった状況に対処する経験を積んでいるの。だってこれが私の仕事なんだから。何をどうすればいいか、よくわかっているわ」

フィンは納得できないとばかりに首を横にふった。

「大事に思っている人が襲われかねない状況を、僕は黙って見過ごすことはできないよ」

「ビリーは酔っぱらって怯えていて、私にではなく、自分に腹を立てていただけよ」

〝大事に思っている人〟胸の奥で何かがうごめき、そこに温かな光が満ちた。けれどその喜びは、あくまで仕事の場面とは切り離しておくべきだった。ソフィーはプレイコーナーへ行って、散らかったおもちゃを片づけ始めた。

フィンもそばの椅子に腰を下ろし、足元に転がるおもちゃを拾ってソフィーに手渡した。「ビリーはローズ・クリニックに行かせた。そこで必要な治療を受けられるだろう」

ソフィーは手を止めた。フィンは頭がおかしくなったのだろうか。「ローズ・クリニックですって？　あそこは私立病院で、ものすごく費用がかかるじゃないの。ビリーには払えないわ」

ところがフィンは微笑んだ。「あのクリニックには公益慈善活動を行う部門がある。僕はその責任者と知り合いで、そいつは僕に恩義があるんだ」

アドレナリンが切れ、脱力感がソフィーを襲った。足がふらつきそうになり、ソフィーはフィンの隣に腰を下ろし、両腕を体に巻きつけた。結局フィンの行動は、余計なお世話ではなかったのだ。自分の正当性を主張しようと過剰反応していたのは、ソフィーのほうだったのかもしれない。「ありがとう。せっかくの厚意に腹を立ててごめんなさい。あそこならビリーは必要な治療を受けられるわ」

「子どもと引き離されそうになったビリーの気持ちは想像にあまりある」フィンが顔をしかめる。

フィンは事態をわがことのように受け止めている様子だった。「ショックだったみたいね」

「当然だよ。あんなにいい家族がいるのに、ビリーはそれを台なしにしかけていた。自分が変わらなければ、先々までその悪影響が家族に及ぶのに」

フィンが話しているのはビリーのことだけでなく、自分の父や、フィン自身のことでもあることがソフィーにはわかった。フィンは父親としてするべきことを悟ったのだ。子どもが育つのを見守るのは、とてつもなく大変だが、このうえなくやりがいがあり、喜ばしくもある仕事だ。そしてフィンは自分もそのチャンスが欲しいと思っている。

ちらりと隣を見やったソフィーは、フィンの印象が変わっていることに気づいた。もはやフィンはただ魅力的な美男子ではなく、より深みのある立派な人間に見えた。時の経過とつらい経験が彼を変えたのだ。

フィンにふれたかった。けれど、そうすると、たどるべきではない道を進むことになる。「あなたが経験したつらい思いって何？」

フィンは片方だけ肩をすくめた。「たいしたことじゃない」

考える前にソフィーは彼の左腿に手をのせていた。

「脚のけが？」

「まあ……そうだ」払いのけられるかと思ったが、フィンはソフィーの手に自分の手を重ね、優しく握りしめると腿から離した。「もう過ぎたことだ」

「嘘《うそ》つき。手術を受けたりリハビリしたり、大変だったに決まっているわ。でも、あなたが話したくないのなら、訊《き》かないことにする」

「話したいものか」フィンは首を横にふった。「楽しくなりそうな夜を台なしにする必要はない」

つながれたままの手が気になって、ソフィーの心臓がおかしなリズムを刻み始めた。頭にあるのはフィンのことばかりだ。ふれ合った肌の感触。フィンの温《ぬく》もり。彼の香り。

フィンのすべてが知りたかった。だから、いずれ彼が虚勢を張るのをやめたとき、彼の過去を聞きだそうと決心した。絆《きずな》を深めるうちに、つらい気持ちを共有できるようになるはずだ。

とはいえ、それには時間がかかる。今はすべての展開が急すぎて、気持ちと頭がついていけそうにない。「とにかく、あなたの魔法の杖《つえ》を使えば、うちの相談者の問題まで解決できると思わないで」

フィンは眉を上げて微笑んだ。「ソフィー・ハーディング、君は僕の魔法の杖に夢中らしいな」

「夢中じゃないわ」たしかに少しは魅了された。何と言ってもソフィーは、一度はフィンの魔法を身をもって体験したのだから。

全身で小さな欲望の火花がはじけ始めた。手をほどかなければいけないのに、ソフィーはそのまま動こうともせず、手の甲にフィンの親指が円を描くたびに、ちりちりと体がうずく感触を楽しんでいた。

「だって、会うたびに君は杖の話を持ち出すじゃないか」フィンがおどけて眉を上下させたので、ソフィーは声をあげて笑った。「まあ、おかげで君は笑ってくれたし、僕への怒りを忘れてくれた」

「忘れたと誰が言ったの？」ソフィーはまだ少し怒っていた。官能をかき立てられてもいたし、おかしくて笑ってもいた。これらすべての感情が、フィン・ベアードという男性によって引き起こされたものだ。ソフィーはフィンから目を離せなかった。

フィンの瞳は深いブルーにきらめき、唇はほんの少し身を寄せればキスができる場所にあった。ソフィーの背筋がぞくりと震え、体の奥が熱くとろけるのがわかった。

もし私がキスしたらフィンはどうするかしら？

ところがフィンが首をかしげた拍子に二人の距離が開き、一瞬のチャンスは失われてしまった。「君の仕事はいつもあんなに緊迫しているのか？」

フィンが一歩退いてくれてよかった。そう思ってほっと重い息を吐いたものの、手を離す決心はつかなかった。それどころか、もっとフィンにふれたくてたまらなくなった。私は頭がおかしいらしい。この方向に進んでも、どこにもたどり着けないのに。

「この仕事をしていると、本当にいろいろな人に会うわ。困窮している親も、それなりに裕福な親もいる。どの親も子どものことを思っているのは同じ。楽しい日もあれば、緊張する日も、大変な日もある。だからこそ私はこの仕事が好きだし、やりがいも感じているの」

「今日は大変な日だったわけだ」

「ええ」ようやくソフィーは手をそっと引き抜き、立ち上がってバッグを手に取った。「でも今日はまだ終わっていないわ。出かけましょう」

「待ってくれ」フィンがソフィーの腕をつかんで、自分の隣に引き戻した。「ソフィー」

「フィン」ソフィーはフィンの胸に手を当てた。彼を押しとどめるために。そして同時に、彼にふれるために。てのひらにフィンの鼓動が伝わってくる。視線を絡み合わせたまま、しばらく二人とも動かなかった。どちらにも身を引く勇気がなければ、このまま引き寄せられていくのは間違いない。

でもソフィーは自分から身を引きたくなかった。こんなチャンスは二度と来ないかもしれない。

フィンがソフィーのうなじに手を伸ばし、顔を近づけてきた。「君がやめてと言えば、そうする」

「嫌よ」ソフィーは首を横にふった。

フィンが鋭く息を吸った。「嫌？」

「嫌よ、やめないで」これ以上がまんできず、ソフィーは自分から唇を重ねに行った。最初はそっと試すようにフィンを味わい、それを記憶に刻んだ。なぜなら二年半前にキスしたときは、新しい何かが始まりそうな気がしていたので、フィンの感触を覚えておくのがどれほど重要かわかっていなかったからだ。今度こそしっかり覚えておかなければ。これが最後のキスになるはずなのだから。

ソフィーはさらにフィンに身を寄せ、彼の膝の上にのると首に手を回した。フィンの唇はフレッシュで男らしく、えも言われぬ味がした。うなじに添えられていないほうの彼の手が、ソフィーの頬を包んだ。まるで所有権を主張するかのように。

ソフィーは彼のものになりたかった。もう一度、ベッドをともにしたかった。たとえ彼がソフィーの職場で越権行為をしたとしても。たとえ二年半前、忽然《こつぜん》と行方をくらまされたとしても。たとえ……。

ソフィーがしがみつくと、フィンが舌をさし入れてきた。自分の喉からうめき声が漏れるのが聞こえた。腕を撫《な》でられ、舌が絡み合ううちに、体が溶けていくのがわかった。官能をかき立てられ、ソフィーはさらに体を押しつけた。フィンが欲しかった。いつまでも終わらないキスが、フィンの愛撫《あいぶ》が欲しかった。

急《せ》き立てられるようにキスが深まるにつれ、ソフィーの頭はかすんでいった。ソフィーはさらに強く体を押しつけ、ごわごわの髪に指を絡ませた。Tシャツの下にフィンの手が滑り込み、脇腹を撫でられて、思わず息をのんだ。

胸にふれてほしくてソフィーは体をのけぞらせた。

そのとき、甘いあえぎとキスを貫いて、甲高い電話の音が響いた。そのとたんソフィーはわれに返った。

ラキー。

今ごろ私たちはラキーの保育園に行っているはずだったのに。誰もいないクリニックで、ティーンエージャーのようにいちゃつくのではなく。

ラキーが私たちを待っている。私たちは保育園に行き、家族のふりをしなくてはいけない。

ソフィーは身を離し、フィンの膝から飛び下りた。

「私たちはいったい何をしていたの、フィン？」

8

「それは自明じゃないかな」フィンは冗談めかして返したが、ソフィーはバッグから携帯電話を出すのに忙しく、聞いてもいなかった。

一方、フィンはすぐには体を動かせなかった。手が重なった瞬間に全身を駆け抜けた官能が、今もフィンの胸で、欲望の証《あかし》で、頭の中で熱く燃えさかっていたからだ。今ここでソフィーを自分のものにしたかった。彼女の重みを受け止めたかった。彼女の中に入りたかった。二人の鼓動を合わせたかった。

馬鹿げた思いつきだ。けれど、ここしばらくで最高の思いつきだった。

人生最高のキスがソフィーを怒らせてしまった。

それなのに、フィンはもう一度キスをしたくてたまらなかった。

「すみません。仕事が長引いてしまって。できるだけ早くそちらに向かいます。ええ、五分以内には」

ソフィーは携帯電話をバッグに放り込むと、プラスチック容器の入ったショッピングバッグを受付デスクの奥から取ってきた。それからスカートと髪をてのひらで整えながらドアに向かった。残念だ、彼女には乱れた姿が似合っていたのに。フィンの考えが読めたのか、ソフィーがやれやれと首をふった。

「さっさと行くわよ。遅刻しているんだから」

フィンはソフィーを追って外に出た。「ソフィー、少し落ち着いてくれないか」

クリニックのドアに鍵をかけ、アラームをセットするソフィーの手が震えているのが見えた。さっきも彼女の手が震えていたことをフィンは思い出した。ソフィーは不安なのだ。そして怖いのだ。フィンのことがではなく、二人で行動することが。

無理もない。彼女はかつてフィンからひどい仕打ちを受けたのだから。

フィンが車から白ワインを取ってくるのを、ソフィーはいらいらした様子で待っていた。「いつもなら、こんなに遅れたりしないのに」

「父親と母親の間で親密な交わりを持っていたと説明すればいいさ。それなら文句は言われないよ」

「笑いごとじゃないのよ、フィン」ソフィーは歩道に足を踏み出すと、急に右へ曲がり、フィンの先に立ってずんずん歩き出した。

「本当のことなのに」とはいえ、今の二人は親密からはほど遠い。

ソフィーはいきなり立ち止まると、ふり返ってフィンを睨《にら》みつけた。頬が紅潮し、キスしたせいで唇は腫れぼったい。整えたはずの髪もわずかに乱れている。けれど、今ほど美しいソフィーは見たことがなかった。「こんなことはできないわ、フィン」

「何だって？　保育園に行くのはやめるのか？」わけがわからなかった。状況が急にまずくなったので、もう僕をラキーに関わらせないつもりだろうか。

「違うわ。私たちのことよ。もうキスしたり、いちゃついたりするべきじゃないわ。私たちの関係が破綻したらラキーはどうなるの？　ラキーに必要なのは安定した家庭よ。あの子を険悪な雰囲気の中で育てたくはないわ」

「わかった。何が起きようと、品行方正にふるまおう。そして絶対に、ラキーを僕たちの関係に巻き込まない」そう言ってフィンは歩き出した。保育園の場所はわからなかったが、とにかく動いているほうがいい気がした。

　ソフィーも並んで歩き出した。「あなたのように子どもが何より大事だと言いながら、反対のことをする夫婦を何組も見てきたわ」ソフィーはフィンに向きなおって、彼の目を見すえた。「その一方で、離婚しても上手に協力して子どもを育てている人もいる。彼らは自分の欲求は二の次にして、子どもを最優先しているのよ」

「僕たちもそうするべきだと言いたいのか？」

　ソフィーは口を一文字に結んだ。「そのほうがすべてをシンプルにしておけるわ。男女の修羅場もなければ、子どもがとばっちりを食うこともない。誰にとってもこれが一番いいと思わない？」

「正直に言って、僕は君の体じゅうにキスするのも悪くないと思っている」

「フィン！　少しの間でいいから冗談はやめてくれない？」

「冗談じゃないよ。さっきのは最高のキスだった。僕がジョークを飛ばすのは、そうでもしていなければ生きる憂さが晴らせないからさ」とはいえソフィーの言うとおりだ。二人は、ラキーが両親を問題なく受け入れ、快適に暮らせるようにしなくてはいけない。ラキーに必要なのはいがみ合う両親ではなく、愛してくれる家族なのだ。家族を持つなど自分には無縁だと思っていた。とりわけ、あの事故のあとは。家族とは、フィンを信じ、当てにしてくれる人間のことだ。でもソフィーに当てにされ、その期待に応えられる自信はなかった。「さっきは自制心を失って一線を越えてしまった。謝るよ」

「じゃあ、これで仲直りね」

フィンはため息をついた。「ソフィー、むしろ僕たちは相性がよすぎる。それが問題なんだ」

「さしずめベッドをともにする女性には、必ずそう言っているんでしょうね」

「君のあとは、誰とも寝ていないよ」

ソフィーが勢いよくふり返った。「そんなたわごとを私が信じると思うの？」

「信じるも信じないも君しだいだ。でも、本当のことさ」義肢を見た相手の目に失望が浮かぶのを想像すると、ありのままの姿を女性にさらす勇気が出なかった。新しい相手を見つけ、相手に求められるだけの愛情や時間を注げる自信がなかった。何より、そう思えるほど惹《ひ》かれる相手には出会わなかった。ソフィーと再会するまでは。

そうこうするうちに二人は保育園――通りから少し入ったところにある白い建物に到着した。門の上に鮮やかな原色の文字で〈小さなどんぐり《リトル・エイコーンズ》〉と書いてある。

「ラキーはリス組にいるわ。ゼロ歳児から二歳児のクラスよ。中はかなりうるさいから、覚悟してね」

ソフィーがドアを開けたとたん、音の塊がフィンにぶつかってきた。赤ん坊の泣き声。大人のおしゃべり。ピッチの高い子ども向けの音楽。フィンはラキーの姿を探した。「あの子はどこだ？」

ソフィーは誇らしげににっこり笑った。「ラキーのお気に入りの場所はお砂場よ。ショベルカーやトラックで遊ぶのが好きなの。何人か並んで遊ぶ友だちもいるわ」

「並んで遊ぶ？　ラキーは友だちと交わって遊ぶのが苦手なのか？」

「あの子は一歳半よ。まだ子ども同士で遊ぶ段階じゃないの。それぞれが自分のしたいことを、同じ場所でしている段階と言ったらいいかしら。いたわ、ラキーはあそこよ」ソフィーは部屋の奥にある砂場でラキーを見つけて手をふった。そのとたん、ソフィーの雰囲気が一変した。本当に誰かが魔法の杖《つえ》をふったように、笑顔が生き生きと明るく輝き出した。

「お待たせ、おちびさん」

　ラキーは持っていたトラックを放り、満面の笑みで母親に手を差し伸べた。

　ソフィーはラキーを抱き上げ、顔じゅうにキスの雨を降らせると、耳もとで何かささやいた。ラキーが笑顔でうなずいた。

　フィンが砂場に近づいていくと、ソフィーがこちらを指さした。「ほらラキー、フィンが来てくれたわ。ご挨拶の〝ハイ〟が言えるかしら？」

　ラキーは顔をそむけ、母の胸に額をこすりつけた。

「照れているみたい」

　フィンはしんぼう強く待った。頼むから〝ハイ〟と言ってくれ。ラキーがすぐに懐《なつ》いてくれなくても大丈夫。どれほど自分にそう言い聞かせても、大丈夫とは思えなかった。どんな父親だって、自分の子どもには好かれたいものだ。

　ソフィーがくり返した。「ラキー、フィンにご挨拶して」

「クリニックでシールをあげたときは上手くいった。今度だって大丈夫さ」

　問題はそこだ。初めて会ったとき、ラキーはフィンのことなど何とも思っていない様子だった。でも今は何かを気にしている。ひょっとして、これが父と子にとって大切な瞬間だと気づいているのだろうか？

ソフィーがもの言いたげな目でこちらを見上げた。彼女が何を言いたいのかはわからなかったが、フィンはラキーの胸をくすぐってみた。「ハイタッチをしようか？　前のときみたいに」

ラキーはゆっくりとフィンに向きなおった。そして小さな手を持ち上げた。

「よし、さあハイタッチするぞ」フィンはそっとラキーの手にふれた。

やった。この喜びは一生忘れられないだろう。

「あらソフィー、やっと来られたのね」

かっちりしたジャケットにツイードスカートを着こなした年配の女性が声をかけてきた。

「こんばんは、エレイン。こんなに遅くなってしまって申し訳ありません」

「かまわないわ。見てのとおり、宴はまだたけなわだから。ラキーは今日もたっぷり遊んで、ごはんもおやつもしっかり食べたわ」ハイタッチのバリエーションをあれこれくり出してラキーを笑わせるのに夢中だったフィンは、ふとエレインの視線が自分に注がれているのに気づいた。「こちらはどなた？」

フィンとソフィーの目が合った。ソフィーは口を開きかけ、言葉に窮して頬を染めた。まさかソフィーは、僕のことをどう紹介するか決めていなかったのだろうか。フィンはエレインに手を差し出した。

「初めまして。僕はフィンです」

「初めまして、フィン」エレインはしっかり手を握り返してきた。

ソフィーが口を開いた。「これから私に代わってフィンが送迎に来ることもあると思います。彼を保護者として登録する手続きをしたいんですが」

「なるほど」もう一度エレインにしげしげと見つめ

られ、フィンは不安になった。僕は彼女のお眼鏡にかなっただろうか。「あとで私のオフィスに来て、書類を書いてちょうだい。お決まりの手続きだからすぐに終わるわ」

そう言ってエレインはくるりと向きを変え、他の参加者のほうへ歩いていった。「あの人が園長かい？　なんだか『ハリー・ポッター』のマクゴナガル先生みたいだな」

「エレインの前では、保護者は気が抜けないのよ」ソフィーは顔をしかめた。「ごめんなさい。さっきはあなたをどう紹介したらいいかわからなくて。最近、ラキーは人から聞いた言葉をくり返すようになったの。本人は意味もわからず口にしているだけかもしれないけれど……」

「つまり君は、僕が君たちを見捨てないと確信が持てるまでは、ラキーに僕をパパと呼ばせたくないし、僕を父親だと思わせたくないわけだ」

「診察以外であなたがラキーに会うのは二回めでしょう。終生の誓いを交わすにはまだ早いわ」

「僕だって努力しているんだ。たったの十日で、ふさわしい行動ができるようにはならないよ。何をしたらいいのか、もっと教えてくれ」

フィンを見上げるソフィーの目に葛藤が浮かんでいるのが見えた。いくつもある選択肢の中で彼女が迷っていることが、中でもフィンを信用するのに苦心していることが伝わってきた。

「あなたにとっては青天の霹靂《へきれき》だったことはわかっているの、フィン。先週の月曜日まで、ラキーの存在さえ知らなかったんだもの」ソフィーは片手をフィンの腕に置き、身を寄せてきた。ソフィーの香りがフィンを刺激し、欲望をかき立てた。二人きりだったら、またキスするところから始められたのに。今度は止まらずに最後まで。ソフィーの息がフィンの喉をくすぐった。彼女のそばにいると頭が働かなくなり、大事なことにまるで集中できない。「あなたの努力は認めるし、上手く対処しているとも思うわ」

　こんなにソフィーが欲しいと思っていなければ、もっと上手く対処できるはずなのに。「園長室で手続きをしてくるよ。続柄を書く欄は正直に記入するから、そのつもりでいてくれ」

「ええ、私も嘘《うそ》はついてほしくないわ。ただ保育園のスタッフには、ラキーに物心がつくまでは黙っていてもらえるよう頼みたいの。それでいい？」フィンはうなずいた。これで保育園の人間は、フィンがラキーの父親だと知ることになる。そう思うと胸の中で喜びが炸裂《さくれつ》した。「私たちはここで待っているわ。園長室へ行く前に、ラキーのことで私に訊《き》いておきたいことはある？」

　フィンはジャケットの胸ポケットを軽く叩《たた》いた。そこにはラキーの絵が入っている。メモがなければ、暗記していて当然の息子の個人的なデータすらわからないと思うと胸が苦しかった。「大丈夫だ」

「じゃあ私たちはあそこの絵本コーナーで待っているわ」ソフィーは背の低い本棚とビーズクッションの置かれた一画を指さした。

　フィンが面談を終えて戻ってくると、ソフィーとラキーは寄り添って大きなクッションに腰を下ろしていた。ラキーがページをめくり、ソフィーが歌うような口調で読み聞かせている。

　フィンの胸がいっぱいになった。

　こんな人生があるなんて考えたこともなかった。ラグビーと賞賛とビール、それに後くされのないセックス。長い間それがフィンの生活のすべてだった。事故のあとは、つらいリハビリと、どうやって生きていくのかという不安にさいなまれる毎日だった。

　でもこれは、まったく知らなかった世界だ。今まで自分はどれほどのものを見過ごしてきたのかと思うと、人生の大半を無駄にした気分だった。

ソフィーがふり返って微笑《ほほえ》んだ。「おかえりなさい。どうだった？」

「最後に君のサインが――僕を保護者として認めるサインが必要だとエレインが言っている」

「エレインは興味津々だった？」

「気難しそうに見えたが、僕がラキーの父親だと言うと笑ってくれたよ。あまり詮索はされなかった」

「でしょうね。礼節を重んじる人だから」ソフィーは立ち上がり、ラキーに声をかけた。「ママはエレインとお話ししてくるわ。その間フィンが本を読んでくれるんですって。好きな本を選んでいいわよ」ラキーは母親を追って立ち上がったり、〝ママ行かないで〟と泣いたりしなかった。「クッションの向こうにワインの入ったグラスがあるわ。同じ本を十回も読まされて頭がおかしくなりそうなときに活用して。経験者からのちょっとしたアドバイスよ」

ソフィーの後ろ姿を見送りながら、フィンは彼女を戸棚に引きずり込んで、頭が真っ白になるまでキスしたくてたまらなかった。いい加減にしろ。フィンは自分を叱りつけた。子どもがいるそばで、こんなことを考えるべきじゃない。「さて、ミスター・スーパーヒーロー、どの本を読んでほしい？」

ラキーはソフィーが置いていった本を指さした。フィンはその本を手に取った。

けれどラキーは、本を持つフィンを見つめるばかりだった。やれやれ。ハイタッチで距離が縮まったと思ったのは誤解だったらしい。

「おいで、ラキー。いっしょに読もう」固唾をのむフィンの前でラキーは首を横にふり、自分の靴を見下ろした。ラキーが地面を蹴ると靴が光った。ラキーは顔を上げてフィンを見た。僕の反応を待っているのか？

ラキーは無言のまま、もう一度地面を蹴った。靴がぴかりと赤く光ると、ラキーはフィンを見上げた。

フィンの胸がいっぱいになった。何もわからないなりに、この子は僕を楽しませようとしているのだ。

「スーパーヒーローの靴だな、覚えているよ」フィンの頭に一つのアイディアがひらめいた。馬鹿な思いつきかもしれない。でも、やってみる価値はある。どうせいつかは見せなければいけないのだ。それなら今、遊びのふりをして見せてもいいだろう。

誰もこちらを見ていないことをたしかめると、フィンはズボンの裾をまくってカーボンファイバー製の義肢を露《あら》わにした。「見てごらん、僕は半分人間で、半分ロボットなんだ」フィンは義肢を指でとんとんと叩いて見せ、同じようにするよう身ぶりで示した。

ラキーは真剣な顔で、おそるおそる義肢に手を伸ばすと慎重に指をふれた。

「わあ、くすぐったい！」フィンは大げさに言って脚を引っ込めた。ふれた感触はわからなくても、息子が面白そうに笑う姿を見るだけで感無量だった。「そっとだよ。僕はくすぐったがりなんだ」

ラキーはあわてて引っ込めた手を再び伸ばし、義肢を優しくさわった。今度は、息子の気がすむまでさわらせてやった。

数分もするとラキーの興味が薄れてきたので、フィンはラキーを隣に座らせ、いっしょに本を開いた。

小さな一歩だったが、フィンはエベレストの山頂をきわめた気分だった。ラキーは義肢を苦もなく受け入れ、興味すら失ってしまった。大人もこんなふうに平然と義肢を受け入れてくれればいいのに。

その一方で、腕の中にわが子がいるという現実には、平然としていられなかった。甘酸っぱい子どもの匂い。愛らしい巻き毛。小さな鼻と長い睫《まつげ》。フィンが読む一語一語に真剣にうなずく様子。これが血を分けた僕の息子なのだ。ラキーは勇敢で共感力がある。ソフィーはラキーを上手に育ててくれた。これからは僕も育児に関わっていくのだ。

　そう思うと感きわまって喉が詰まり、言葉が途切れそうになった。けれどフィンは読み続けた。喜んで聞いてくれる息子に、僕は読み聞かせをしている最中なのだから。あとはソフィーがラキーの向こうに座って、僕に腕を回してくれたら、すべてが完璧だ。

　ここまでくると夢想が過ぎる。ソフィーはそんなことは考えてもいないだろう。一回キスしたくらいでは家族にはなれない。それどころか、さっきのキスが二人の関係に楔《くさび》を打ち込んだ。

　残念だった。チャンスさえあれば、もう一度ソフィーにキスがしたかったのに。

9

ラキーが手を伸ばし、フィンの義肢にふれて笑う様子を、ソフィーは見つめていた。黒色と銀色のチューブの先に、靴を履いた肌色の足部がつながっているさまは、まるでＳＦ映画のようだった。大人なら目のやり場に困るだろうが、ラキーは難なく受け入れている。子どもとはそういうものだ。これがフィンの望んでいた突破口なのだと思うと、胸にこみ上げるものがあった。

　ソフィーは義肢をよく見ようと首を伸ばしかけ、盗み見はよくないと思いなおした。その代わり、二人が並んで本を読む様子を見守った。フィンがラキーを見つめる温かなまなざしから息子に寄せる思いがひしひしと伝わってきて、胸が痛いくらいだった。

視線を感じたのかフィンがふり返り、ソフィーに手をふった。ラキーがソフィーに駆け寄ってきたので、読み聞かせはそこで終了した。「ごめんなさい、じゃまをするつもりはなかったのよ」

「ラキーが僕を好きになってくれた」フィンの顔には、最高のクリスマスプレゼントをもらったような表情が浮かんでいた。「たぶん、だけど」

「懐《なつ》くのは時間の問題だと言ったじゃないの。でも、ラキーがまた私にまとわりつき始めても、がっかりしないでね。疲れて眠くなると、私にくっつきたがるのよ」

たしかにラキーはだっこしてくれとばかりにソフィーに腕を伸ばしていた。

フィンはビーズクッションから立ち上がろうと身をよじった。たいていの人には簡単な動作が、フィンには難しいようだ。違う椅子を選べばよかったとソフィーは後悔した。とはいえ、フィンは気遣われるのを嫌がっていた。だから見ていたことに気づかれないよう、ソフィーはそっと背を向けた。

ようやく立ち上がるとフィンは声をあげて笑った。

「何をするにしても、やっぱり脚が二本あるほうが楽だな。さて、君たちを家まで送っていこうか」

ソフィーは胸の高鳴りを打ち消そうとしたが、上手くいかなかった。「ありがとう。でもあなたの車はまだクリニックの駐車場にあるでしょう」

「君たちを送ってから取りに行くよ」

「それじゃあ、今夜はあなたがラキーに矯正ブーツを履かせてくれる？」ソフィーはわざと意地悪な笑い声をあげてみせた。

「もちろん喜んでやらせてもらうよ」フィンの顔に、再びプレゼントをもらったような笑みが浮かんだ。

フィンが味わうに違いない苦労を思って、ソフィーは苦笑した。「実際にやってみたら、私に感謝する気持ちにはなれないと思うけれど」

家に帰るとすぐ、ソフィーはラキーを入浴させる方法をフィンに教えた。

フィンは楽しそうに笑いながら、ラキーの頭に湯をかけ、泡を洗い流した。「君は本当にお風呂が大好きらしいな」

ソフィーは父子の絆《きずな》が強まっていく様子を、一歩さがったところから複雑な思いで見守っていた。

やがてフィンは浴槽から息子を抱き上げ、びしょびしょの体をタオルで包んだ。

「さて、お次は何だ？」

「ブーツを履いて、ミルクを飲んで、ベッドに入る。毎晩決まった手順をくり返せば、ラキーは眠る時間だとわかるのよ」ソフィーはミルクの入ったストローマグをフィンに手渡した。指がふれ合い、ラキーの頭上で二人の視線が交差した。

「ありがとう、ソフィー。僕にチャンスをくれて」

「お礼を言うのは、矯正ブーツを履かせてからにしたほうがいいわ」

フィンが指を絡めてきた。体の奥から切ない思いがこみ上げてきて、ソフィーの心は千々に乱れた。このままフィンに身を預け、彼のキスで幸せを感じたかった。たとえその幸福がつかの間しか続かず、必死で築き上げてきたシングルマザーの立場を脅かすものだとしても。自分がどうするべきなのか、そもそも正解があるのかどうかもわからなかった。でもフィンを見つめていても答えには近づけない。

ソフィーは深呼吸すると手を放し、二人の先に立って子ども部屋へ行った。「たいていは床に座ってブーツを履かせるのよ。そのほうが簡単だから」

「いい部屋だな。君が改装したのかい？」

感心したようにフィンが部屋を見回すのを見て、ソフィーの胸に誇らしさがこみ上げた。ペールグレーとライトブルーに塗られた壁に、ジャングルの動物たちが描かれている。「ええ。お腹《なか》の子は男の子だとわかっていたから、親友のハンナに手伝ってもらってこんなふうにしたの。とても楽しかった」

「僕もこういうのが好みだな。もっとも僕にはここまで芸術的な才能はないけれど」フィンは左脚を前に突き出し、床についた両手に体重を預け、体をよじるようにして腰を下ろした。一つ一つの動作に、余分な労力と事前の深慮が必要なのが見て取れた。

ソフィーはたくましい彼の腕や上半身に目を向けまいと努めながら、矯正ブーツを手渡した。「じゃあ、頑張ってね」

「シール」ラキーがソフィーの腕を引っ張り、シールが入った引き出しを指さした。

「いい子にして、ちゃんと座れたらあげるわ」

「僕ももらえる?」フィンが自分を指さした。「僕もちゃんと座れるし、いい子にできるよ」

「フィン・ベアード、いい加減にして」

「シール。ぼくの」ラキーの下唇が震え出した。

「あら大変。むずかり出したわ。いつもなら、もう寝ている時間だからかも」ソフィーは大急ぎでシールをフィンに渡した。「さあラキー、ブーツを履いたら好きなシールを選んでいいわよ」

ラキーは首を横にふった。

「だめだめ、ブーツが先だよ。僕はシールは要らない。だから君がいい子にしていたら、シールは全部、君のものだ」フィンは矯正ブーツをラキーの前に差し出し、足を入れるよう促した。

「やだ」

ソフィーは顔をしかめた。「いつもこうなの。すごく素直な日もあれば、全然言うことを聞いてくれない日もあって」

「幼児なんてそんなものだろう」フィンは肩をすくめた。「君はのんびりワインでも飲んでくるといい。ラキーのブーツは僕が履かせるから」

「本当に？」

「手こずろうが簡単だろうが、やるべきことをやるまでだ。必要なら、僕は一晩じゅうでもここにいる。だから君は行ってくれ」

　もし育児の苦労を二人で担っていたら、こんなふうだったのだろうか。ちらりとそう思ったが、ソフィーは考えるのをやめた。今はチャンスがあるときに休ませてもらおう。「それなら私は席を外すわ。ずるをしたり、あきらめたりしないでね。終わったらシャルドネワインが待っているわよ」

　結局、ワインを一杯飲み終わったところでフィンが戻ってきた。「あの子が矯正具を着けずにすむなら、僕は何を犠牲にしてもいい気分だな」

「わかるわ。私も最初はつらくてたまらなかったもの。何度もギプスをはめるのも大変だった」ソフィーはフィンに隣に座るよう身ぶりで伝え、彼のワインを手渡した。「でも、あと数年でラキーも五体満足になるわ」

　フィンの目がきらりと光った。「あの子は今でも、五体満足だ」

「私の言う意味はわかるでしょう。あなたはラキーが……」本当に言いたいこととは微妙に違う気がして、その言葉を口にしたくはなかった。けれどフィンに言われてしまった。

「完璧でいてほしい？　ソフィー、完璧な人間なんかいないよ。僕でさえ完璧に近いところまで行ったのに到達できなかった。今では左脚が足りないときている」フィンはわざと冗談めかして言った。

「完璧と言いたかったわけじゃないの。ただ……他の子どもたちが何の問題もなく走り回っているのに、ラキーだけ毎晩こんな煩わしい思いをしているのがつらいのよ」

　フィンは肩をすくめた。「大きくなればラキーも忘れてしまうかもしれない。これまでの発達段階は順調だったんだろう？　いずれ他の子と同じように走り回れるようになるさ。つらかったことを糧に、成長するはずだよ」

「あなたもそうだったの？　苦しみを乗り越えたからこそ、今のあなたがあるの？」

　フィンは首を横にふった。「脚を失ったおかげで物ごとが違って見えるようになったとか、いろいろ感謝できるようになったとか、僕はまったく思わない。たしかに以前は飛んだり走ったりできるのは当然だと思っていた。それでも僕はいつだって成功をつかもうと必死で生きてきた。今はただ、さらに遠くまで手を伸ばし、しっかりつかまないといけなくなっただけだ」

「最初に会ったときと比べて、あなたの印象が変わった気がしたのはそのせいだったのね。前よりも真剣に生きている感じがするわ」

「やめてくれ」

「いいえ。あなたの生き方はすばらしいと思う」しまった。なんだか彼の一番のファンのような口ぶりになってしまった。このままではまずいと思って、ソフィーは話題を変えた。「あなたは今、どこに住んでいるの？　たしか出身はエジンバラではなくて、どこかの湖《ロッホ》の近くだった記憶があるけれど」

「僕はロッホ・ローランドの近くにあるダンクラーゲンという小さな村の出身だ。理学療法士になる授業の大半はグラスゴーで受けたが、ラグビー選手になってからは、スワンズの本拠地アバディーンに引っ越して、残りの講義はリモートで受けた。君に会ったのは試合でエジンバラに遠征していた日だ」

「チームメイトがナイトクラブにくり出す間、あなたは一夜の相手として私を選んだわけね」その夜の行為が招いた結果に、今二人は悪戦苦闘している。

「今、住んでいるのはどこ？」

「ヘリオット・ロウのアパートメントだ」

閑静な住宅街だ。「いいところね」

「理学療法士の給料で住むには少し値が張るが、選手時代に稼いだ蓄えがそこそこあるから、十分暮らしていける」フィンの口調がわずかに熱を帯びた。「そこで君に相談がある。ラキーと君にはどのくらい援助をすればいいだろう？」

　ソフィーのほうはこんな話をしたくなかった。

「私は何も要らないわ」

「僕が援助したいんだ。僕にはお金がある。それをラキーに、そして君に使ってほしいんだ」

「私たちなら本当に大丈夫よ」

「旅行に行きたいと言っていたじゃないか。そのためのお金を出してもいい」フィンは自分の思いつきに興奮しているようだった。

　たしかに旅行には行きやすくなるだろう。でもフィンに恩義を受けたくはなかった。「要らないわ」

　フィンは顔をしかめ、声を低めた。「君は要らないかもしれない。でも僕だって自分の子どもを育てるためのお金を出したいんだ」

「お金なんか要らないわ。ラキーのことを知らせたのは、あなたには知る権利があると思ったからで、お金が欲しかったからじゃないもの」

「ラキーは僕の子どもなんだ。あの子を育てるのにまったくお金を出すことができなかったら、僕がどんな気持ちになるか君にはわからないのか？　誰だってしていることじゃないか」経済的な支援もできないなんて、男の沽券《こけん》に関わると思っているのは明らかだ。

「それはもともと恋人や夫婦だった人がすることよ。私たちはただ一夜の関係を持っただけじゃないの」

　フィンは平手で打たれたようにのけぞり、気色ばんだ。けれどいきなり言い返したりはせず、少し気持ちを落ち着かせてから口を開いた。「そのとおりだ。そして僕たちが一夜限りになってしまったのも、僕の落ち度だ。僕は償いがしたいんだ。この二年間の埋め合わせはできないが、これからの日々を過ごしやすくすることならできる」

「過去を償わなければいけないなんて思わないで。私だってそんなことは考えてもいなかった。ただでさえややこしいのに、あまり先走られても困るわ」

「この件は譲らないぞ、ソフィー。ラキーの名前で口座を開いて毎週お金をふり込むよ。君の口座も作るから好きなことに使ってくれ。バカンスに行きたいんだろう？ ラキーだって陽光の降り注ぐ海岸で砂のお城を作ったり、アイスクリームやフィッシュアンドチップスを食べ歩いたりできたら喜ぶだろう」そう言うフィンの目には、自分もそんな経験がしたかったという憧れが浮かんでいた。彼自身の父親は子どもに関わってくれなかったから、自分が味わえなかったすべてをラキーに体験させたいに違いない。

フィンは本気でラキーの生活に関わり、息子の心をつかむつもりでいる。それに気づいたとたん、ソフィーは怖くなった。

ひょっとしたらフィンは、私の手もとからラキーを連れ去ってしまうかもしれない。

これまで息子と離れることなど考えたこともなかった。自分のいないところで息子が特別な体験をしたり、平凡な日常を送ったりするなんて、考えるだけで耐えきれない。経済的な援助を受けているせいで、大事な決断を自分一人で下せなくなるのも嫌だ。こんなのは自分の人生ではない。このまま息子との絆も弱まってしまうのだろうか。

思わずこみ上げた涙を、ソフィーは拳で拭った。目ざとくフィンがそれに気づいた。「どうしたんだ？」

「何でもないわ。ちょっと疲れただけ」これ以上は何も言えなかった。息子が楽しいひとときを過ごし、ソフィー一人では体験させてやれない喜びを味わうのを拒むわけにはいかない。だからと言って、胸が痛むことに変わりはなかった。

　しばらく二人はどちらも口を開かなかった。この状況をどうすれば改善できるか、ソフィーは思いをめぐらした。時間が解決してくれる部分もあるだろう。約束を書面にするのもいいかもしれない。頭が上手く働かなかった。フィンに官能をかき立てられているせいで。三人の誰にとっても正しい答えを見つけようと思っているせいで。そして、自主自立の生き方を脅かされているせいで。「私はただラキーに幸せでいてほしいの」

「それは僕だって同じだ」フィンはソフィーに向きなおり、彼女の手を取った。「君がラキーを心から愛しているのはよくわかる。僕も同じように息子を愛したいんだ」

「あの子は運がいいわ」

「僕を育児に関わらせるのは気が進まないか？」

　フィンにはお見通しらしい。「自分の立場が弱くなりそうで怖いの」

「ラキーは僕たちを分け隔てなく愛してくれるよ、ソフィー。僕は君を傷つけたいわけじゃない。むしろその正反対なんだ」

「わかっているわ」

「これがその証拠だ」フィンがソフィーの顎に手を添え、そっと唇を重ねてきた。ソフィーは押し返すどころか、彼の体温を感じたくて相手の首に腕を回して引き寄せた。そう、これが問題だった。どれほど腹が立っても、フィンと離れることができない。

　まるで二人は同じ軌道を描いて進むことが決まっているかのようだ。官能に負けまいと約束したことなど、もうどうでもよかった。ソフィーはフィンの腕の中にいたかった。彼にぴったりと寄り添い、心の中にまで入りたかった。

いつまでも。

ラキーさえ傷つかなければ。

二階で眠る息子のことが頭に浮かんだとたん、ソフィーはぱっと身を引いた。自分のためには無理でも、息子のためなら意志を強く持つことができた。

「だめよ、こんなことはしないと決めたじゃないの。あなたは欲しいけれど、怖くてこれ以上先には進めないわ。あなたにはラキーの人生に関わってほしい。でも、私やラキーが傷つかないことが条件よ」

「僕もラキーに関わりたい。そして君にまたキスしたい。僕は長い間、君が欲しくてたまらなかった、ソフィー。あまりに君が恋しくて、ずっと胸がうずいていた」

とても受け止めきれない告白だった。自分がフィンを求めているだけでも十分困るのに、彼もソフィーを求めているなんて、もっと困る。でも性欲は見映えがするだけの新しいプレゼントのようなものだ。時とともに目新しさがなくなれば色あせてしまう。本当の愛は、相互の信頼から長い時間をかけて育まれるものだ。「こんなことはしないと決めたはずよ」

「ルールは決めなおせばいい」

「今以上に状況をややこしくしないで、フィン」ソフィーは手をふりほどくとキッチンへ向かい、ケトルを火にかけた。フィンがそばにいるときは、忙しくしていないと誘惑に負けてしまいそうだ。「私たちは自制心を強く持つべきよ。こんなことを続けていたら、私たちのどちらかが傷つくわ。正直に言わせてもらうけれど、あなたはどこまで長期的な視点で考えているの？　育児に関わる覚悟は本当にできている？　夜中に病気の子どもの看病をしたり、出かけたいのに出かけられなかったり、常にあらゆる場合を想定しておかなければいけないのは、相当のストレスよ」

「僕には万一の事態が考えられないと言いたいの

か？　僕が何の計画も立てずにドアから飛び出していく男だと？」フィンは首をふった。「もしそうなら、君は僕のことを何もわかっていない。君はいまだに僕がすぐに逃げ出す未熟者で、父親になる覚悟ができていないと思っているんだろう」

「違うわ。私はただ――」

「君は僕を信用していない。そうだろう？」

どう返事したらいいかわからなかった。まだ自分の中でも答えが出ていないからだ。でも思い切って答えなければいけない。「信じたいと思っているわ」

フィンのまなざしに、深々と吐かれたため息に、傷ついた気持ちがありありと表れていた。フィンはくるりと背を向けると立ち上がり、悲しそうな声で言った。「それがはっきりわかってよかったよ。ラキーとの面会については、あらためて連絡する」

10

本当のことを言えば、フィンも自分自身を信用していなかった。だからソフィーの言うとおり、ルールを決めてお互いの立場を明確にするべきだった。その日、仕事が終わったあとでフィンがしていたのは、まさにその作業だった。あれから一週間が経《た》っていたが、ラキーの近況を訊《たず》ねるメールを送る以外、彼女とは連絡を取っていなかった。

つらくてたまらなかった。けれど、こうするのが正しいのだ。

「終わったかね？」ドア口にロスが姿を現した。

「あとこれだけです」フィンはソフィーにメールを送るとノートパソコンを閉じ、手厳しい反論を受ける覚悟を固めた。いずれにせよ、これを叩《ただ》き台に二人の関係を明確にしていけばいい。信頼を築くのはそれからだ。

ロスが咳払《せきばら》いをした。「その……一杯どうだ？」

「ええ、今日はごいっしょしますよ」一日じゅう患者の相手をしたあとなので、本当は一人になりたかった。けれど今は一人にならないほうがいいとわかっていた。弟にこれほどの自己洞察力が備わったと知れば、カルムも誇らしく思うだろう。

ロスがにっこり笑った。「それならさっさと行こう。今日はちゃんとパブまでついてきてくれよ」

「何が何でも行きますよ」それでもエントランスのスロープを下りるとき、キャラメル色の目をした女性が柱の陰で待っていないかと、肩ごしにふり返らずにはいられなかった。

だが彼女はいなかった。

ビールを二杯だけ飲んだあと、フィンは自宅の鍵を開け、突然の土砂降りから逃げるように玄関に飛び込んだ。カルムから着信があったが無視した。兄に話せることなど何もない。息子の母親とはまったく上手くいっていないのだから。

フィンはリビングのソファに倒れ込み、義肢とライナーを外すと痛みを和らげようと脚をさすった。

ドアベルが鳴った。

ちくしょう。何らかの反応があるとは思っていたが、こんなに早く、しかもメールではなく本人が来るとは思ってもいなかった。フィンはライナーに手を伸ばしたが、上手く装着できなかった。

「フィン！　ドアを開けて！　家にいるのはわかっているのよ」

稲妻が光り、上空で雷が鳴った。世界が終わり、地獄が始まる合図に思えた。けれど二人の問題を解決するためには、彼女と話し合わなければいけない。

「フィン！　私はずぶ濡《ぬ》れなの。早く開けて」

義肢を着けている時間はなかった。ソフィーにはありのままの僕を受け入れてもらうしかない。幸い、傷はズボンで隠れるから、見られずにすむはずだ。

フィンは松葉杖《まつばづえ》をつかむと、三度めのベルが鳴る前にドアにたどり着いた。「ソフィー」

「やっと出てくれたわね」キャラメル色の瞳が怒りの炎でくすぶっていた。傘もささず、レインコートも着ていないソフィーの髪からは水が滴り、びしょ濡れのスエットシャツとジーンズが体に貼りついている。ソフィーは震える手で、プリントアウトした書類をトートバッグから取り出し、フィンに突きつけた。「これはどういうことなの？」

フィンは脇に避けて、ソフィーを玄関に入れた。彼女を見ただけで鳥肌が立ち、心臓が三倍の速さで打ち始めた。怒り狂った女性がこんなに官能を刺激するなんて誰が思っただろう。フィンはもっと大事なことに意識を向けた。「ラキーはどこにいる？」

ソフィーはフィンを睨《にら》みつけた。「ハンナに見てもらって、家で眠っているわ。フィン、いったいこれは何なの？」

「交渉のとっかかりだ。弁護士の友人に、話し合いを始める叩き台として作ってもらった」

ソフィーは信じられないとばかりに首をふった。

「私はあなたと二人で話し合って、簡単な取り決めができればいいと思っていたのに。なぜこんな形式張ったことをしなくてはいけないの？」

「しっかり書面にすれば、僕が本気でラキーに関わろうとしていると信じてもらえると思ったからだ」

ソフィーはオレンジ色のマーカーを引いた段落を指さして、フィンに書類を突きつけた。「ラキーをあなたの家に泊まらせると書いてあるけど？」

「そうだ。あの子が大きくなったらの話だ。それも、ときどきでいい。僕は共同親権が欲しいわけじゃない。ただラキーと会う機会が欲しいだけだ」

ソフィーは目をぎらつかせ、唇を歪《ゆが》ませた。「あなたには腹が立って仕方がないわ」

「それは見ればわかる」なんて彼女は美しいのだろう。フィンの全身がかっと熱くなり、下半身がこわばった。ソフィーが発しているエネルギーをすべて、キスで、そして情熱的なセックスで受け止めたかった。人生で今ほど何かが欲しいと思ったことはなかった。「君はこれが——僕が約束を守る証《あかし》が欲しかったんじゃないのか」

「違うわ、フィン」そのときになって初めてソフィーはフィンが松葉杖をついていることに気づいた。ソフィーはフィンのズボンに目をやり、首をふった。「私は欲しいのはこんなものじゃない」

フィンの体から興奮の波が引いていった。ソフィーは怒っている。怖がっている。そして不快感を覚えている。関係が破綻する三要素が重なった。

松葉杖に体重を預けながら、フィンはリビングへ戻った。格好のよい歩き方ではないが、いつまでもソフィーを寒い玄関に立たせておくわけにいかない。リビングダイニングならもっと暖かいし、スペースもある。フィンはダイニングテーブルでウイスキーの蓋を開け、二つのグラスに指二本分ずつ注《つ》いだ。片方のグラスをソフィーに渡すと、どっしりしたテーブルにもたれ、心臓が荒れ狂うのを隠して平静を装った。「君はどうしたいんだ？」

ソフィーはフィンと視線を絡ませながら琥珀色《こはくいろ》の液体を一口飲み、グラスをテーブルに戻した。「こんなことをしたあなたを思い切りどなりたいわ」

「じゃあ、どなればいい」

「いいえ」不気味なほど静かにソフィーは書類を丸めて床に投げ捨てた。フィンは彼女の腕を取り、自分のほうを向かせた。彼女の呼吸は荒く、濡れた体から熱気を発散している。これは書類の内容に腹を立てたせいではない。フィンの脚とも関係ない。二人の間に渦巻く欲望のせいだ。

「君が欲しいものは何だ」

「あなたは私の世界をひっくり返してしまった。私は頭がこんがらがって何も考えられない。筋道立てて考えたいのに」

「だからこそ第三者に頼んで書面を作ってもらったんだ。息子に関する決断に感情が絡まないように」

「ラキーのことは感情を抜きにしては考えられないわ。この二年あまり、寝ても覚めてもあの子のことばかり考えてきたんだもの。だからあの子は私の一部も同然で、私のすべてなの。でもあなたへの感情は、それとはまた違う。どうしてだか上手くコントロールできないの。二年間ずっとあなたに腹を立てていた。でも、あなたはラキーと関わろうとしてくれた。何より、自分がここまであなたに惹《ひ》かれるとは予想だにしなかった」ソフィーはフィンの胸に手を置いた。「そういうわけで、自分が何が欲しいのか私にはわからないの。とにかく怒ったり混乱したりはしたくない。弁護士をはさまずに二人で直接話し合いたい。それから……」ソフィーはフィンのシャツを握った。「私が欲しいのは……」

「僕たちはお互いを求めている」ソフィーの言葉はまさにフィンの気持ちを代弁していた。気持ちが混乱し、頭が働かず、胸が欲望でうずいている。ソフィーが吐露した切々とした思いは、フィンの心の奥深くに染み込んできた。けれどフィンは意志の力をふりしぼって、それを無視した。「でも欲望に屈するのはよくない」

シャツをつかむソフィーの指が緩んだ。「あなたは私をいい気持ちにさせてくれるはずよ、フィン」

「君の期待には応えられない、ソフィー。僕には永遠を誓えないから。僕はそういうタイプじゃないんだ。君自身が言ったんじゃないか。長続きする関係を結んでくれるかどうか信用できないって」フィンの自制心をゆるがし、彼の弱さを暴くものがあるとすれば、目の前のソフィーだった。そして二人の間に渦巻く欲望だった。

「これが正しい道かどうかはわからない。でも、この道を進むことしか考えられないの。今、ここで」

ソフィーの唇がすぐ間近に迫ってきた。挑むような彼女の目が、悦《よろこ》びを約束するように輝いている。ソフィーが下唇をなめた瞬間、フィンの自制心が大きく揺らいだ。「今すぐによ、フィン」

これ以上は抗《あらが》えず、フィンはソフィーを抱き寄せ、腰に手を回した。ほんの一瞬、彼女の目にためらいが、そして飢えがよぎるのが見えた。すぐに彼女が自分と戦うのをやめた瞬間がわかった。そのとたんフィンは唇を重ね、彼女をわがものとした。

ソフィーは涙の味がした。雨の味がした。初めてなのに、なじみのある味がした。最初は優しく探るようだったキスは、欲望がシルクのリボンのようにほどけていくにつれ、深く激しいものへと変わっていった。ソフィーがフィンの髪をつかみ、舌を絡ませ始めた。二人はあらためてお互いを見いだし、飽くことのない欲望を満たし合った。どれほど長い間、抱擁していたかわからない。けれどフィンはいつまでもキスを終わりにしたくなかった。

「フィン、あなたが欲しい」濡れた体を押しつけられ、フィンはスエットシャツの下に手を潜り込ませた。ブラジャーのホックを外し、胸のふくらみを手で包むと、蕾《つぼみ》が固くなるのがわかった。

愛撫《あいぶ》を受けてソフィーが体を震わせた。フィンは腿の間に彼女が入れるよう、テーブルにもたれて姿勢を調整した。ソフィーは体の中心をフィンのこわばりに押しつけて切ないうめきをあげたが、不意にキスを中断して身を引いた。

「寝室に行かないの？　ここで大丈夫？」

〝片脚がない状態でできるの？〟という言外の意味

は明らかだった。

胸で荒れ狂う恥辱をこらえ、フィンは目を閉じた。今までフィンに、その体でセックスできるのかと訊ねた人間はいなかった。フィンは憤りを押し殺し、ソファに放りっぱなしの義肢とライナーに目をやった。そのとたん、自分が欠格者に思えて無力感に襲われた。どうして義肢を外してしまったのだろう？　もし僕が二本の脚で立っていたら、たとえ片方が偽物だったとしても、ソフィーには一人前の男と思ってもらえただろうに。フィンはいらだちが声に出ないように答えた。「もちろんだ」

ソフィーはフィンを見上げて微笑《ほほえ》んだ。「あなたのおかげで体がすごく熱くなってきたけれど、私は全身ずぶ濡れなの。さっさと濡れた服を脱いで、毛布か何かかぶらないと肺炎になってしまうわ」

「僕はてっきり……いや、何でもない」

「フィン」ソフィーもソファに目をやった。「私があなたを醜いと思っているとでも？」

一本足りない脚は、フィンの内面の欠陥を――母よりチームメイトを優先した身勝手さや、自分の正当性を主張して兄とけんかした未熟さを――象徴するものだ。これが醜くないはずがない。

けれどソフィーの手がスラックスの上から欲望の証を包んだとたん、論理的な思考はどこかへ飛んでいってしまった。「私が欲しいのは、個々の部分ではなくあなたのすべてよ」

それでもフィンは言わずにはいられなかった。

「二年前、僕の体は最高の状態に仕上がっていた。しかも脚が二本揃《そろ》っていた」

「今だってかなりいい状態に見えるわよ。それを言うなら、今の私には妊娠線がある。誰だって時とともに変わっていくのよ。完璧な人間なんかいないと言ったのはあなたじゃないの。私には、あなたは完璧に近い人間に思えるけれど」ソフィーは空いたほうの手でフィンの胸筋をなでた。「セックスをして、どんなまずいことがあるの？」

まずい？　それどころか天国だ。男性の証をさすられ続け、フィンはもう脈絡のある思考ができなくなっていた。「いや、何もない」

ソフィーがフィンのスラックスのボタンを外し、ゆっくりとファスナーを下ろし始めた。いやおうなく高まる期待に、フィンは頭の中が真っ白になった。けれどソフィーの手が直接ふれたとたん、フィンはわれに返って小さく毒づいた。あまりに久しぶりで、下半身がすっかりいきり立っている。このままではあっという間に昇りつめてしまいそうだ。

フィンはそっとソフィーの手を外した。「ちょっと待ってくれ。僕が君の体じゅうにキスをするのが先だ」

フィンは再びソフィーと唇を重ね、濡れた肌に貼りつくスエットシャツを苦労して脱がせると、次にブラジャーを床に投げ捨てた。その間にフィンのシャツはソフィーによって取り去られていた。

今度はソフィーがフィンの鎖骨や胸筋にキスを落とす番だった。乳首を強く吸われ、白熱した快感にフィンは体をおののかせた。「寝室に行く？」

「遠すぎる」フィンは松葉杖をついてソファまで移動すると、そこにのっていたものを腕で払いのけた。肘かけからタータンチェックの分厚い毛布を取ってソフィーを包み、クッションに座らせる。悪いほうの脚をソファで支え、いいほうの脚に全体重をかけて、ソフィーのジーンズを脱がせた。ショーツ一枚で全身に鳥肌を立てたソフィーは、これ以上ないくらい美しく見えた。「僕のキスで君を熱くしてあげるよ、ソフィー・ハーディング」

「ええ。今すぐお願い」ソフィーはくすくす笑って、毛布の中にフィンを招き入れた。

ソフィーに悦びを与えるのに、脚は二本も必要なかった。ソフィーの喉に押しつけた唇を、フィンは徐々に下へ移していった。胸にキスを受けたソフィーの口から低いうめき声が漏れ、フィンは彼女が悦びに打ち震えるまで愛撫を続けた。体の奥で発火する快感に駆り立てられるように、フィンはソフィーの味と手ざわりに酔いしれた。

やがて唇が腰に到達すると、フィンは恥骨のへこみにキスを落とし、巧みな手さばきでショーツを取り去ったかと思うと、熱く潤う中心に指を差し入れた。親指を小さく前後に動かして敏感な核を刺激すると、指が締めつけられるのがわかった。

「フィン」ソフィーはクッションから身を起こし、フィンの髪に指を絡めた。「もうだめ……このままやめないで」

「やめるものか」

「早く……私の中に入って……」ソフィーは再びクッションに倒れ込んだかと思うと、切ないあえぎ声とともに女性の中心を収縮させた。今のフィンは身も心もソフィーの僕《しもべ》だった。彼女の命令なら、どんなことでも喜んで従おう。

ソフィーがこれほど官能をかき立てられ、矢も盾もたまらぬ気持ちになったのは初めてだった。フィンの顔を引き寄せてむさぼるようなキスをしながら、ソフィーは手を下に伸ばし、スラックスとボクサーショーツを下ろした。高ぶりが自由になったとたん、フィンの口からうめき声が漏れた。欲望の証はこれ以上ないくらい熱く、固くなっていた。もう一秒たりとも待てなかった。「コンドームは？」

「札入れの中だ」フィンは後ろを向いて、スラックスのポケットから札入れを取り出した。

ソフィーの顔の位置からだとフィンの左腿の側面と、膝から先の何もない空間が見える。

こちらに向き直ったフィンが、彼女が脚を見ていることに気づいた。フィンは感心しないと首をふり、体をひねって左脚がソフィーから見えないようにしてしまった。「やめてくれ。わかったかい？」

「あなたはとても精悍《せいかん》で美しいのに」

「とにかく見ないでほしい」フィンはソフィーの顔を自分のほうに向かせ、まっすぐ目を合わせた。

「僕は君が欲しい。君にも僕が欲しいと思ってほしい。せっかくのすばらしい瞬間を台なしにしないでくれ」

「あなたの体は怖いほど私の官能をかき立てるわ。事故に遭い、つらい経験を重ねた今のあなたは前にも増して男らしいと思う。だから隠さないで」

　ソフィーはぎゅっと目をつぶり、心に忍び込んでくるフィンに抗おうとした。ひょっとして私はまた過ちを犯そうとしているのだろうか。でも、もう後戻りはできないし、自分に嘘《うそ》もつけない。ソフィーは目を開き、ブルーに輝くフィンの瞳だけを見つめてキスをした。息子の父親であり、ソフィーの人生の一部であり、心の一片でもあるフィンに。そしてそのキスで、どれほど彼が欲しいかを伝えた。

　唇が離れると、フィンは体を熱くたぎらせ、荒い息で言った。「本気なんだな？」

「ええ」早くフィンにふれてほしくて全身でうずく欲求をなだめようと、ソフィーは彼にすり寄った。ようやくフィンは避妊具を装着し、ソフィーの上にまたがった。熱に浮かされたような瞳を見れば、彼もまた暴走する欲望の虜《とりこ》だとわかる。

　固くこわばった欲望の証に満たされた瞬間、ソフィーははっと息をのんで、体じゅうに熱と光がみなぎるのを感じた。ソフィーが下半身を締めつけるとフィンはあえぎ、いったん身を引いたかと思うと再び貫いてきた。ソフィーはフィンと同じリズムを刻みながら、彼の重い鼓動を感じ、男らしい香りを胸いっぱいに吸うために、脚を絡めてぴったりと体を押しつけた。

フィンはまるで楽器を弾くようにソフィーを貫いては身を引いた。官能のクレッシェンドが待ちきれなくて、ソフィーは口を開いた。

「入れ替わってもいい？」ソフィーはフィンの下から這《は》い出すと、彼の上にまたがった。そして彼と目を合わせながらゆっくり体を落とし、身のうちをフィンに満たされていく感触を堪能した。「二年前もこうだったわ」

「覚えているよ」セクシーそのものの笑みを浮かべ、フィンはソフィーを抱き寄せた。胸と胸が、唇と唇が、肌と肌がぴったりと合わさり、どこまでがフィンでどこからがソフィーかわからなくなった。フィンはさらに強く、早く突き上げてきた。張りつめた快感が体の奥で高まり、今にも爆発しそうになるにつれ、ソフィーは考えることはおろか話すこともできなくなった。

「すごい……完璧だわ……」

「君もだ」フィンは何度も貫いた。ソフィーを見つめる目が大きく見開かれたかと思うと、フィンは何度も彼女の名を叫んだ。ソフィーも次々と押し寄せる快感の波にさらわれ、フィンとともに昇りつめた。そしてソフィーは悟った。これから何が起ころうとも、そしてこれから二人の人生がどうなろうとも、自分が今までの自分ではなくなったことを。

11

フィンはソフィーを胸に抱いたままソファに横たわり、荒い息を吐きながら、胸で渦巻く感情を理解しようとしていた。

自分は変わったつもりでいた。克己心を手に入れ、他者を優先できる人間になったつもりでいた。でもこの程度だったのだ。今のセックスでどれほどめくるめく快感を味わえたとしても、ソフィーとの関係がややこしくなったのは間違いない。それでもフィンは後悔していなかった。今ソフィーと分かち合ったものは天からの贈り物だ。

ソフィーがフィンの鎖骨と首筋にキスをして、ため息をついた。「こんなことをするために来たわけじゃないのに。でも、こうなってよかった」

「僕もだ」フィンはソフィーの頭にキスを落とした。「もっとしょっちゅう君を怒らせるべきだな」

「ごめんこうむるわ。血圧は上げたくないもの」

「僕の血圧は今、君のせいでものすごく高くなっているよ」微笑《ほほえ》むソフィーのキャラメル色の瞳を、フィンは魅入られたように見つめた。

ラキーは僕の目とソフィーの笑みを持っている。二人の一番いいところを受け継いだのだ。僕たちの間にはあんなすばらしい子どもができた。そのうえ、さっきは二度と到達できないと思っていた高みに昇りつめることができた。フィンの胸の奥が熱くなった。本当に久しぶりに自分が満たされたと——必要なものがすべて手に入ったと感じた。

「どうしてあの子をラクランと名づけたんだい？」

「ラクランはスコットランド北部《ハイランド》の古い言葉で〝戦士〟という意味なの。何かと戦わなければいけないとき、あの子が強くなれるよう願って名づけたの。それに——」ソフィーは口ごもった。

フィンはひどく興味をそそられた。「それに、何と言うつもりだったんだ？」

「何でもないわ」ソフィーはフィンにキスをした。

「魔法のキスをすれば、いつでも僕がごまかされると思うなよ」フィンはソフィーの髪を撫《な》でながら、こんなふうにセックスのあとに女性と話すのは、初めてソフィーに会った晩以来だと考えていた。「言いかけたことを最後まで言ってくれ」

ソフィーは微笑んだ。「わかったわ……あなたがハイランド出身だと覚えていたからよ」

フィンの心がぱっと明るくなった。「まさか僕のことを考えて名づけたのか？」

「そうとも言えるわね」

ソフィーはフィンに腹を立て、混乱し、傷ついていたはずだ。それでも息子がフィンに反感を抱かないよう、考慮してくれたのだ。

「それじゃあミドルネームのスペンサーは？」

「笑わないでね。私があの家で暮らし始めたとき、祖母がスペンサーという猫を飼っていたの。私がお人形代わりに服を着せたり抱いたりしても、スペンサーはおとなしくがまんしてくれた。息子にもそういう穏やかさや分別を少しでも持ってほしかったの」

「猫にちなんだ名前なのか？」

「だって、とても性格のいい猫だったのよ」そう言ったとき、ソフィーのお腹《なか》が鳴った。「あら失礼」

「お腹が空《す》いているのかい？」

「ぺこぺこよ。あなたのメールにあんまり腹が立ったものだから、ハンナが子守に来てくれるのを待つ間も食事のことなんて忘れていたわ」

フィンはソフィーの下から抜け出した。「ここでおとなしく待っていてくれ」

「了解」ソフィーは敬礼し、クッションにもたれた。

彼女の腕には再び鳥肌が立っていた。まだ濡《ぬ》れた髪がカールして顔を縁取っているせいで、なんとなく幼く見える。フィンはソフィーを毛布で包みなおしてやった。「君の服を乾燥機に入れておこう。君が帰るころには乾いていると思うよ」

ソフィーは身を起こしたが、胸は行儀よく毛布で隠している。「そこまでしてもらうわけには――」

「ソフィー」フィンは相手の言葉をさえぎった。「ただの食事と洗濯じゃないか。僕が毎日どうやって暮らしていると思うんだ？」

フィンはソフィーに背を向けると義肢とライナーを拾い上げ、彼女が見ていないことを祈りつつ脇へ押しやった。それからスラックスを履き、ソフィーの濡れた衣類を拾って、そそくさと部屋を出た。洗濯を申し出たのは、ソフィーのためというよりもむしろ頭を整理する時間を得るための言い訳だった。

ソフィーは僕にちなんで息子を名づけてくれた。僕たちは一糸まとわぬ姿で親密なひとときを分かち合った。それなのに僕は彼女に脚を見せる決心がつかず、彼女も裸を見られるのが気まずいのだ。

二人は今夜、未知の領域に足を踏み入れた。けれどまだお互いに気兼ねがある。

いろいろなことが急に進みすぎたせいだろうか？

フィンはあれこれ盛り合わせたトレイをバランスよく片手に持ち、もう一方の手で松《まつ》葉《ば》杖《づえ》を使った。リビングに戻ると、ソフィーは毛布にくるまったままソファに座っていた。そして食べ物にもの欲しげな目を向けた。「フィン・ベアード、あなたは主夫の鑑《かがみ》だわ」

フィンはトレイを置き、ワインとグラスを取りにキッチンへ戻った。テーブルの横を通るとき、中身の残ったウイスキーグラスが明かりを受けてきらめくのが見えた。かんかんに怒ったソフィーがびしょ濡れで乗り込んできたのは、本当にたった一時間前のことなのだろうか？

フィンがワインを注《つ》ぎ、ソファに腰を下ろしてから、二人はトレイにのったオリーブやフランスパン、チーズをむさぼるように食べた。

「ごちそうさま」ナプキンで口を拭ったソフィーがため息を漏らした。「服が乾くまであとどのくらいかかるかしら？　できるだけ早く帰らないと」

まだ彼女を帰したくなかった。「もう少しここにいられないか？　二年前も、君は泊まらずに帰ってしまったじゃないか」

ソフィーは肩をすくめた。「初めての夜は泊まらないことに決めているだけよ。でも、本当は帰りたくなかったわ」

あのまま彼女を帰さず、翌日もいっしょに過ごしていたら、状況はすっかり変わっていただろう。

「君が帰ったあと、僕は相反する感情に襲われた。君がいなくて虚《むな》しかった。でもまた会えると思うとわくわくした。君のおかげで僕は数カ月ぶりに幸せな気分になれた。もっと君のことが知りたかった」

ソフィーはうなずいて先を促した。「それなのに、なぜ連絡してくれなかったの？」

漫然と思い出話をしていたつもりだったから、そちら方面に話が進むのは嬉《うれ》しくなかった。「昔の話だ。面白くもなんともない」

ソフィーは首を横にふった。「私にとっては空白を埋める大事な情報よ。なぜあなたが連絡をくれなかったのか、なぜ私に待ちぼうけを食わせたのか、何度も考えたわ。あなたのせいで私の人生はすっかり狂ってしまった。だから教えて。私がパズルのピースをきちんとはめられるように」

たしかに、フィンにはソフィーにきちんと説明する義務がある。「初めて会ったとき、母が心臓発作で亡くなったことは話したよね」

「ええ。あなたはとても悲しんでいるように見えたわ」ソフィーは優しい目をして、フィンと手を重ねた。「心からお母さんを愛していたのね」

「愛していたよ。でも結局、それほど愛していたわけじゃなかったんだ」

「あなたらしくないわ。どうしてそんなふうに考えるの？」ソフィーの口調は、けっしてフィンを責めないと請け合っているように聞こえた。彼女になら話せるかもしれない。ときどき、ずっしり重たい錘《おもり》を胸に抱えている気分になることがある。ソフィーに話せば、それが少しは楽になるかもしれない。

「スワンズでプレーし始めてすぐ、僕は人気選手になった。何をしても上手くいった。誰もが僕を愛してくれた。チームメイトも、監督も、女性たちも」

「それは聞き捨てならないわね」

「とにかく僕は何度もトライを決め、チームに貢献し続けた。すべてが上手くいき、賞賛を受けるのが楽しくてたまらなかった」話していくうちに、罪悪感が増してきて、胸が苦しくなった。「恥ずかしい話だが、僕はちょっと天狗《てんぐ》になっていたんだと思う。あるとき故郷の近くで試合があり、僕はついでに実家に寄ると母に伝えた。母は大喜びだった。でも試合に勝って有頂天だった僕は、チームメイトと祝杯を上げに行ってしまった。携帯電話が何度も鳴ったのに、出ようともしなかった」

フィンは首を横にふった。どうしてソフィーに話せば気持ちが楽になるなんて考えたのだろう。

「フィン……あなたはまだ子どもだったのよ」

「子どもじゃないさ。ほんの三年足らず前のことなんだから。どうやら母はディナーを作り、テーブルをセットしたあと、キッチンで発作を起こしたらしい。真夜中なのに明かりが点《つ》けっぱなしだと気づいた近所の人が、倒れている母を見つけてくれた。もし僕が実家に帰っていたら、もっと早く母を助けられただろう。何より、母は僕が来なくて心配するあまり、心臓発作を起こしたのかもしれない」

「自分一人を責めないで、フィン」

　錘がさらに重く胸にのしかかってきた。「いや、何もかも僕のせいだ。僕は身勝手で愚かだった。母との約束を守るべきだったのに、チームメイトとの楽しみを優先した。母が亡くなったのは、僕が母を第一に考えられなかったからなんだ」

　ソフィーはトレイを床に下ろし、にじり寄って背中をさすってくれた。「今のあなたは違うわ」

　そう思いたかった。けれど今は毎日をやり過ごすことに精一杯で、他人を慮《おもんぱか》る余裕が自分にあるとは思えない。「どうしてそれが君にわかる？　君が僕に頼ってくれたことがあるか？　君はお金は要らないと言った。ラキーと会うときだって、お目付役の君がそばにいる。信頼されていないからだ」

「私はあなたを信頼しているわ。もっとよく知り合う必要があると思っているだけよ。こんなふうに話をすることで」ソフィーの声はシルクのようになめらかだった。「もっと聞かせて」

「できれば話したくない」フィンは腿の上に彼女を引き寄せた。「それより今夜は別のことがしたい」

　ソフィーはフィンの肩をつかんで肘かけのほうへ押しやった。「フィン・ベアード、あなたは強くてすばらしい人だけれど、あなたの一部はまだ闇の中にいて光を求めている。傷ついたあなたの心を癒やすためには、つらい気持ちを吐き出さないとだめ。大丈夫。私がちゃんと受け止めるから話して」

　ソフィーはさらに身を寄せると何度も深々とキスしてきた。フィンはソフィーの下唇を親指で撫でた。

「僕はこっちのほうがしたいな」

　ソフィーは首を横にふった。「ありのままでいられるのが私たちのいいところよ。だから私に隠しごとはしないで。心を開いて」

フィンはソフィーの鼻の頭にキスすると、自分の胸を叩《たた》いた。「心は開いている」

ソフィーの笑みがまっすぐにフィンの心へと飛び込んできた。「じゃあ話して」

「今夜はだめだ」

「それなら私は帰るわ。服はもう乾いたかしら」ソフィーは身を離した。

「まだ乾いていないと思う」フィンは深く息を吸うと、ゆっくり吐いた。ある程度の打ち明け話をするまで、ソフィーは許してくれそうになかった。話せばソフィーがここに留《とど》まってくれるというのなら、話すまでだ。「母の死をきっかけに、すべてが上手くいかなくなったんだ。僕は怒りと悲しみで試合中にミスをするようになった。頑張れば頑張るほど裏目に出るようになった。母の死に対する罪悪感は日に日に大きくなっていった。でも誰にも打ち明けることができず、自責の念にさいなまれるようになったころ、君に出会った。数週間ぶりに僕の身に起きた嬉しい出来事だった」

「あのとき、あなたはそんな話はしなかったわ。身内を亡くすつらさはわかると言っただけで」

ソフィーに好印象を与えたくて必死だったことを思い出し、フィンは微笑んだ。「〝母が死んだのは僕のせいだ〟なんて最低の口説き文句だろう？　せっかく君が僕に好意を持ってくれたのに、それを台なしにしたくなかったんだ」

「たしか私と会った次の日は、お兄さんと山登りに行くと言っていたわよね？」

「そうだ。何週間も前から約束していた。兄は父親代わりを自任していて、弟の僕に目を光らせるのが自分の役割だと思っているんだ。とにかく、僕たちはベン・アーサーを登り始めた。僕は疲れていて、機嫌が悪かった。

僕たちはほとんど無言で頂上へ向かった。僕は兄に母のことを打ち明けるつもりでいた。ようやく口を開く勇気ができたとき、雪が降り始めた。ついさっきまで青い空が広がっていたのに、あっという間に前も見えないほどの吹雪になった。僕たちは道に迷い、どちらに進むかで口げんかになった」

「まずいわね」

「兄は僕にどなりつけてきた。僕も〝兄さんがいつも正しいと思ったら大間違いだ。僕は自分のやりたいようにやる〟と言い返し、雪の中を歩き出した。兄は追ってきて、〝子どもみたいなことを言うな。離れ離れになっちゃいけない〟と言った。僕は鬱積していた怒りを――兄に、そして自分自身に感じていた怒りをぶちまけた」

「あなたは傷ついていたのよ。そういうとき人間は往々にして怒りを爆発させるものよ」

「兄は〝馬鹿な弟の面倒を見るのはもうこりごりだ〟と言った。兄弟げんかではおなじみの台詞《せりふ》だ」

フィンは大きく息を吸った。「激怒のあまり自己嫌悪に駆られていた僕は、その言葉を聞いて、兄も僕を嫌っているのだと思ってしまった。そして誰もが僕のことなど嫌いなんだと思い込んだ。僕は母を死なせてしまった。チームにもまったく貢献できていない。その瞬間にひらめいたんだ――僕などいないほうがみんなのためだ、と」

「でも、あなたは私と一夜を過ごしたばかりだった。私に嫌われていないのはわかっていたでしょう?」

「たしかに登山口に着くまでは、君のことが忘れられなかった。でも山を登り、道に迷い出したころには楽しい気分はすっかり消え去り、僕は寒くて空腹で兄に腹を立てていた。その兄が僕の腕をつかんで、自分が正しいと思う方向へ引っ張った。兄を押し返したとき、山の尾根が目の前にぬっと姿を現した。尾根の向こうには何もないように見えた。その瞬間、それこそ僕が求めていたものだと思った」

ソフィーは愕然《がくぜん》とした顔でフィンを見つめ返した。フィンが感じているのと同じ苦悩が、彼女の顔にも刻まれていた。「何が言いたいの？」

「今でもわからないんだ。あのとき、僕は足を滑らせたのか、それとも意図的に何もないところに足を踏み出したのか」

「何てこと」ソフィーは両手でフィンの顔をはさむと、力任せに唇を押しつけてきた。そのキスに、フィンは罪を赦《ゆる》されたように感じた。「私には想像もつかないわ」

「次に気がついたときには僕は岩棚の上に横たわっていた。何が起きたかわけがわからず震えていて、全身が痛かった。僕が死なないように、兄が必死で話しかけていた。そのときになって僕は、死にたくない、生きたいと強く思った。それからずっと、僕は生きる道を模索している」

「あなたが命を落とさなくて本当によかった。今のあなたを見てごらんなさい。何だってできるじゃないの」ソフィーは言葉を切り、何かを思案する顔になった。「身ごもっているとわかったとき、あなたを見つけようとあちこち探し回ったのよ。ネットでもずいぶん検索したけれど、事故の記事は一度も見た記憶がないわ」

「できるだけ表沙汰にしてほしくないと僕が言い張ったからだ。特に名前は出さないでくれと」フィンは膝までしかない左脚に目をやった。「ラグビー選手の僕が、これをみんなに知られたかったと思うかい？」

ソフィーはフィンの左腿に手を滑らせ、脚が途切れた膝頭に手をのせた。「今でも傷は痛むの？　幻肢痛とかはある？」

フィンは膝からソフィーの手を外した。「折にふれてね。今でも脚がないことを忘れているときがあるよ」

「見てもいい？」

フィンは目を閉じた。身も心も弱みをさらしている気分だった。かつて覚えた抑うつ感が再び胸をむしばむのを感じた。「どうして？」

「それもあなたの一部だからよ。たとえ脚がなくても、あなたは立派ですばらしいと私が思っていることを証明したいから」

「また今度にしないか」

「フィン。私たちはさっき、とても大きなものを分かち合ったばかりじゃないの」

「そうだな」フィンはソフィーの顔を手で包んでキスをした。けれど、そこまで自分をさらけ出す覚悟はできていなかった。「今日はやめておこう。無理だ」

ソフィーは手もとに視線を落とした。「わかったわ」

けれど彼女をがっかりさせてしまったのは間違いなかった。「約束する。またいつか、絶対に」

「いいのよ」二人を結びつけていた目に見えない紐《ひも》がほつれかけているのがわかった。もしそれを繕う唯一の方法が脚を見せることなら、見せるしかない。フィンはズボンの裾をまくり上げ始めた。しかし、ソフィーに制止された。「いいえ。あなたの言うとおりよ。私が先走りすぎたわ」

「いいんだ。見てくれ。さっさとすませてしまおう」フィンは裾をまくろうと前かがみになった。

今度はソフィーは首を横にふって、フィンの手を引き留めた。「やめて、フィン。こんなふうに無理強いしたくないわ」

二人を包んでいた温かい泡がはじけ、気まずい沈黙が下りた。フィンにはもう自分が何を言うべきで、何をするべきかがわからなかった。「ワインをもう少しどうだ？　食べるものは？」

そのときソフィーの携帯電話が鳴った。彼女の目に安堵《あんど》がよぎるのが見えた。「きっとハンナだわ。本当に私はもう帰らなくちゃ」

「車で送るよ」

「いいえ。雨も上がったし、運動がてら歩いて帰るわ」ソフィーはフィンにキスをして、彼の手をぎゅっと握ると、毛布を鎧《よろい》のように体に巻きつけて立ち上がった。「あなたはそのままでいて。あとでメールしてちょうだい。次に三人で会うスケジュールを相談しましょう。もしあなたが、まだ私たちに会いたいと思っているのなら」

「ソフィー、誤解しないでくれ。僕はもちろん会いたいと思っている。ただ、今すぐ君に脚を見せる気持ちになれないだけだ」

脚のない自分を見せれば、最大の弱みをソフィーにさらすことになる。見た目の醜さは言うまでもない。けれどそれ以上に、気持ちの問題があった。切断された脚はフィンの愚かさの象徴だ。脚を見せたら、二人の間で育ちつつある何かが危うくなりそうで怖かった。

数分後、ジーンズとスエットシャツを身につけたソフィーがリビングに戻ってきた。そして、じゃあねと手をふって帰っていった。お別れのキスはなかった。ソフィーはもう僕のことなど好きではないのだろうか。不安でフィンの心臓が不規則なリズムを刻み始めた。

本当のことを言えば、相手が信じられず疑心暗鬼に駆られているのは、ソフィーでなくフィンのほうだった。

12

今日のソフィーは朝からぼんやりして、頭が上手く働かなかった。二日前にフィンのアパートメントをあとにしてから、なんだかずっと調子が悪い。せっかくフィンが胸のうちを明かしてくれたのに、彼の気持ちも考えずに先を急《せ》かしてしまった。メールの文面は友好的だったが、出すぎた真似《まね》をしたのはわかっていた。そのうえフィンのことを考えると、気持ちだけでなく体まで反応している気がする。動悸《どうき》がするし、手の震えが止まらない。おかげで聴力検査の結果を記録するのが一苦労だった。

心配そうにこちらを見ているジャッキーに、ソフィーは微笑《ほほえ》みかけた。「中耳炎はすっかり治っているし、ビリー・ジュニアの聴力に問題はないわ」

「じゃあ、ちゃんと聞こえているのね？」

「検査の結果はすべて正常値よ」手の震えは止まらず、ひどい頭痛と喉の痛みまで加わった。どう考えても、これはフィンのせいではなさそうだ。「最近、調子はどう？」

ジャッキーは微笑んだ。「悪循環がなくなって、食べ物も買えるようになったわ」

「ビリーはどうしているの？　連絡はあった？」

「二度、電話をくれたわ。つらいけれど頑張っているみたい。あんな真剣なビリーは初めてよ」

「よかった」

「あの男性にあらためてお礼を言っておいてくれない？」ジャッキーは立ち上がって息子と手をつないだ。「もし彼がローズ・クリニックにビリーを入院させてくれなかったら、私たちは今ごろどうなっていたことか」

「伝えるわ。じゃあ楽しい夜を過ごしてね」

「ありがとう、あなたもね。なんだか顔色が悪いけれど大丈夫？」

「疲れているだけよ」ジャッキーが出ていくのを待って、ソフィーは携帯電話のカメラアプリで自分の顔をたしかめた。目が潤み、頬は真っ赤だ。

ドアをノックする音で、ソフィーは慌てて携帯電話をバッグに突っ込んだ。「どうぞ」

「ソフィー、もう帰れるかい？」ドア口に立つフィンを見たとたん、心臓が喜びのマーチを奏で出した。

「ええ。今すぐ保育園に行けるわ」

けれどフィンはその場から動かなかった。その顔にはいわく言い難い表情が浮かんでいる。ひょっとして彼は一昨日のことで何か言いたいのだろうか。

ふと、フィンの顔に優しい笑みが浮かんだ。「今日も大変な一日だったのか？」

「いいえ。むしろ、いい一日だったわ。ジャッキーがあなたにお礼を言ってくれって。ビリーは頑張っているそうよ」不意に、火照りと悪寒を同時に感じて、ソフィーはうなじをさすった。

「ジャッキーとはさっきすれ違ったよ。ところで君は大丈夫かい？ 上手く言えないけれど君は……」フィンは部屋に入ってきて、ここにおいでとばかりに腕を広げた。「とても美しいが、とてもくたびれて見える」

「私なら大丈夫」美しいですって？ どぎまぎしながらソフィーはフィンの胸に頭を預け、彼の背に手を回した。こんなふうに支えてもらえるのは嬉《うれ》しかった。とはいえ、いつまでも現実から逃げてはいられない。「フィン、話があるの。一昨日のことで」

フィンの顎に力が入った。「僕が馬鹿だった」

「いいえ、そんなことはないわ。あれからずっと考えていたの。もう少しゆっくり進めるべきだったんじゃないかって」ソフィーはフィンから身を離した。

フィンは一歩後じさって両手を上げた。「これをやめたいと言うのか？」

「そうじゃないの。でも空白の二年間を、二週間や二カ月に詰め込むことはできないわ」

フィンの目に安堵《あんど》が浮かんだ。「わかった。僕もゆっくりやるのは大好きだ。ゆっくりなキス、ゆっくりなダンス、ゆっくりなセックス……」彼の指がトップスの裾を弄んだかと思うと、中に忍び込んできた。「少しずつ君のことを知るのは楽しいよ」

「私もよ。でもそれには時間が必要だわ。私はあなたをせっつくべきじゃなかった」

「一昨日のことは僕は何一つ後悔していない」フィンはデスクにソフィーを押しつけた。「ちなみに、ここにいるのは僕たち二人だけかい？」

「ええ」ソフィーは身をのけぞらせ、フィンの下腹部に腰を押しつけた。さっきとは違う理由で体が熱くなる。

フィンが唇を重ねてきた。君は僕のものだと言わんばかりのキスに理性はすべて消え去り、膝から力が抜けた。けれど肘がパソコンにぶつかって書類が床に散らばった拍子にソフィーはわれに返り、しぶしぶフィンから身を離した。

「オフィスでこんなことをするわけにいかないわ」

「そうだな。また保育園に遅刻するのはまずい」

息子のことを考えたとたん、頭の中で警報が鳴り始めた。「ラキーのそばでは、手をつないだりキスしたりするのはやめておきましょう」

「それはあの子を守るためかい？」フィンは床に散らばった書類を拾ってデスクに戻した。

「あの子を混乱させたくないの。せめて私たちがこれからどうするかを決めるまでは」

フィンはソフィーの顎に手を添えて、上を向かせた。「君はどうしたい？」

ベッドに行きたい。いつまでもフィンの胸に身を預けてキスしていたい。彼の熱い瞳に見つめられたい。フィンの悲しみを癒やし、彼の不安を共有したい。そして息子の成長をともに見守りたい。

でも、このすべてが叶《かな》うとは思えなかったし、おとぎ話のハッピーエンドが訪れないのもわかっていた。どれほど願おうとも、叶わない夢もあるのだ。

何よりソフィーは、男女のごたごたにラキーを巻き込みたくなかった。「私はラキーに幸せでいてほしいし、安心していてほしいの」

そう言ってソフィーは質問をはぐらかした。

「つまりラキーのそばに限らず、人前では手をつないだりキスしたりはしたくない。それが君の望みなんだな」同意しているように聞こえるが、本心では納得していないのがソフィーにはわかった。

「ええ、そうよ。そろそろお迎えに行かないと」ところが足を踏み出したとたん、部屋がくにゃりと歪《ゆが》んで見え、吐き気が襲ってきた。

フィンが腰に手を回して支えてくれる。「大丈夫か？」

「めまいがしただけよ。たいしたことはないわ」

「すごく顔色が悪いぞ」

「たぶん何かのウイルスをもらったんだと思う。喉が痛くて、頭もがんがんするの」

フィンはソフィーと手をつなぎ、ゆっくりドアに向かった。「この間、雨に濡《ぬ》れたせいだな。もっと早く君の服を脱がせればよかった」

「そうかもね」ソフィーは思わず微笑んだ。「鎮痛解熱剤をのんで、よく寝たら治ると思うわ」部屋がまたぐらりと揺らぎ、ソフィーは壁に手をついた。

「ちょっと待って」

「今すぐ君を家まで送っていくよ。僕がいいと言うまで、しっかりベッドで休むんだ」

「でも、お迎えに行かなくちゃ」

「どうやら僕一人でラキーをお迎えに行くチャンス

がやっと巡ってきたらしいな」

「お迎えは私が――」

「ノーは受け付けないよ。僕が保育園からラキーを連れてくる間、君は車で待っていてくれ。それから寝かしつけは僕がやる。いいね？」

今夜はラキーに絵本を読んでやることも、抱きしめてやることも、ブーツを履かせることもできない。

こうやって不安が現実になっていくのだろうか。

フィンがウインクして見せた。「そんな心配そうな顔をするな。大丈夫だから」

「もし困ったら、必ず私に訊《き》いてね」

「君の助けは要らないよ。僕とラキーの二人で何とかなるさ」

これこそがソフィーの恐れていたことだった。ソフィーはおとなしくフィンの車に乗り込み、目を閉じてめまいをこらえた。フィンは親切心を発揮して、ソフィーに必要な手助けをしてくれているだけだ。

でもそれは必ずしもソフィーの望みではなかった。自分の代わりにフィンがラキーの世話をするのは嬉しくなかった。ソフィーが必死で築き上げてきた息子との大事な手順が、フィンによって変えられてしまう。今夜ラキーが寝る前に見るのはソフィーではなくフィンの顔なのだ。けれどソフィーにはもう反論するだけの余力がなかった。

風呂、ミルク、矯正ブーツ、ベッド。たしかソフィーはそう言っていた。いかにも簡単そうな口ぶりだったが、子どもをキッチンに連れてきたら、目が離せなくて何もできないし、だからと言って、二階に一人にしておくのも心配だ。

よく考えずに安請け合いしてしまったせいで、何をどうしたらいいのか、まるでわからなかった。

気がついたらフィンは兄に電話をかけていた。

携帯電話の画面に兄の顔が現れた。「おまえから電話をかけてくるなんて珍しいな。何があった？」

「哺乳瓶のミルクはどうやって作るんだ？」

「そんなの粉ミルクの缶に書いてあるだろう？」カルムは疲れた顔で頭を掻《か》いた。「ちょっと待て。哺乳瓶の消毒はすんでいるのか？」

キッチンを見渡しても、消毒に使いそうな器具も粉ミルクの缶も見当たらなかった。「ラキーは一歳半なんだ。そういえば、この前はコップでミルクを飲んでいた気がする」ソフィーに見とれていないで、もっと注意深く観察しておけばよかった。「うん、たしかプラスチックのコップだった。ミルクは電子レンジで何分温めればいいんだろう？」

カルムは肩をすくめた。兄は自宅のキッチンにいて、シリアルの入ったボウルにミルクを注いでいる。

「僕が知るはずないだろう。ネットで調べろよ」

「それもそうだな」

カルムの笑い声がキッチンに響いた。「一人でラキーの世話をしているのか？」

「ソフィーが病気なんだ」やがて電子レンジが甲高い音で鳴った。スイッチを切ろうと慌ててふり返った拍子にフィンは脚をねじってしまったが、悲鳴を噛《か》み殺した。今は自分の脚にかまっている暇はない。「だから僕が臨時の父親役をやっている。ちゃんとできるとは思えないが」

ソフィーの期待にはすべて応えたかった。言葉にすることこそなかったが、彼女の切なげなまなざしや生い立ちから考えて、ソフィーの望みが〝末永い幸せ〟だろうことは想像がついた。

フィン自身も、永遠の幸せを約束してやりたかった。でも、それを果たせる自信がない。今のところ〝この瞬間〟の幸せだけで精一杯なのだ。

カルムが楽しそうに笑った。「心配しなくても大丈夫さ。自分の直感に従えばいいんだ」

「僕の直感は、クローゼットの中に身を隠せと言っている。今ラキーがしているように」

「それなら、ラキーといっしょにクローゼットに潜り込めばいい」

フィンはカップを揺すり、一口飲んで温度をたしかめた。「ラキーは二階にいるんだ。子ども部屋の入り口に柵があるから大丈夫だと思うけど、そろそろ様子を見てくるよ」

「僕も連れていってくれ。おまえが子どもとどう過ごすのか見てみたい。甥《おい》っ子に挨拶もしたいしな」

この家の階段は幅が狭いうえに傾斜が急で、とても危険だった。義肢の許す限り早く二階に上がると、ラキーは相変わらずクローゼットの中にいて、おもちゃの汽車で遊んでいた。フィンはミルクのカップを置いて、自分もクローゼットに潜り込み、携帯電話の画面に映るカルムをラキーに見せた。「ほら、カルおじさんだよ。ハイタッチで挨拶してごらん」

「その子はまだ一歳半なんだろう、フィン？」

「ラキーは歳《とし》の割に賢いんだ」わが子が手を持ち上げて、画面の上でカルムの指にふれたとき、フィンの胸に誇らしさがこみ上げた。「いい子だ。次はカルおじさんにブーツのシールを見せてあげようか。ラキーがいい子にしていたら、シールをもらえる約束なんだよな」

「今もラキーはとってもいい子だぞ」兄の声音が、フィンが聞いたこともないほど優しくなった。「ブーツを見せておくれ、坊や」ラキーはあっさりマジックテープをはがし、ブーツに足を滑り込ませた。

ごねることも、口をへの字にして泣くこともなかった。「ほらね？　賢いだろう？」

「父親に似て早熟なんだな」カルムが楽しそうに目を輝かせた。「本当にいい子だ」

フィンはクローゼットから這《は》い出ると、ラキーにも出てくるよう呼びかけた。二人は危なっかしい足取りでベッドに向かった。足にハンディのある二人組。似たもの同士の父子。体の奥から何か熱いものがこみ上げてきて喉が詰まった。「これから寝る前の本を読んでやるんだ。だからそろそろ切るよ」

「まだ電話を切らないでくれ。僕もおやすみが言いたい」そういうわけで本を読む間も電話はつないだままだった。ラキーが寝入ると、カルムはため息を漏らした。「おまえが自分以外の人間を気にかける日が来るとは思わなかったよ、フィン」

　耳に痛い指摘だが、兄の言うとおりだった。今フインは人生で初めて、自分自身や自分の将来のことではなく、ラクランやソフィーのことだけを考えていた。二人の面倒を見る喜びと誇らしさで胸がいっぱいだ。これでフィンが、ただ次の面会日を待つのではなく日常的にソフィー母子と関わる覚悟があることを、彼女に信じてもらえたらいいのだが。何より、フィンとまたベッドをともにしたいと思ってもらえたら嬉しい。「僕は恋に落ちそうだよ」

「気の毒だな、そう思ったときにはもう恋に落ちているんだ。無理もない。ラキーはかわいいからな」

「恋に落ちた相手はラキーだけじゃない」どう言ったら上手く伝わるか思案したが、フィンは一番の気がかりをそのまま口に出すことにした。「ソフィーは僕の傷痕を見たがっているんだ」

「だから何だ？　見せてやればいい」たいしたことじゃないと言わんばかりにカルムは眉を上げた。

「見せていいのか？」そんな簡単に言われても困る。

「それがありのままのおまえだろう」

「そこが問題なんだ。傷を見たら、ソフィーは僕のことが嫌いになるかもしれない」

「いつの日かおまえも気づくはずだ。どれほど卑下しようが、おまえがそれだけの人間ではないことに」画面の向こうから見つめる兄の目は、あの夜、雪の中でフィンに生きろと必死に言い続けていたときと同じくらい真剣だった。「無駄な抵抗はやめろ。

おまえはあの事故を罪の贖《あがな》いのように考えているが、そんなことはない。あれはただの事故だ。だからもっと別のことに心を向けるんだ。おまえの子どもに。おまえの家族に。ごちゃごちゃ考えず、素直な気持ちで彼らを好きになればいい」

家族。僕たちは家族なのだろうか。僕が欲しいのは家族なのだろうか。そう思っただけで、希望とパニックが同時に押し寄せてきた。

「やってみるよ。ありがとう」いつか、母が亡くなった夜に何があったか、兄に打ち明けられる日が来るかもしれない。今ほどニュージーランドが遠いと思ったことはなかった。隣の部屋で床板がきしみ、フィンははっとした。「ソフィーが起きたみたいだ。行かなくちゃ」

カルムはにやりと笑った。「わかった。じゃあな。愛《いと》しの弟よ」

「同じ言葉を返すよ、馬鹿兄貴」フィンは笑った。ようやく兄弟の関係が対等に近づいた気がした。

これで問題が一つ解決した。次はソフィーの世話をする番だ。

ソフィーの額に何か冷たいものがのっていた。誰かが首筋を拭ってくれた。震えが止まらず、意識を失うように眠ってしまった。

誰かが隣に横たわり、抱きしめて背中をさすってくれた。寒くて震えていると上がけをかけてくれ、暑くなるとはがしてくれた。

誰かが汗びっしょりのTシャツを脱がせて、着替えさせてくれた。水を飲ませてくれた。ふらふらした足取りでトイレに行くソフィーを支えてくれた。

誰かが額にキスして、〝何の心配も要らないから、眠るといい〟と言ってくれた。

ずいぶん時間が経《た》ってから目覚めると、カーテンごしに光が射《さ》し込んでおり、隣には誰もいなかった。

体を起こしてみると、朦朧《もうろう》としていた頭もいくらかすっきりしている。

ドアが開いて、トレイを持ったフィンが現れた。

「起きたのかい？　ずいぶん顔色もよくなったな」

「頭痛がだいぶましになったわ」笑顔のフィン以上に病気に効くものがあるとは思えなかった。何か大事なことを忘れている気がして、ソフィーははっとした。大変だ！　息子の世話を放ったらかして、私はこんこんと眠っていたのだ。「ラキーは？」

「昼寝しているよ。君を恋しがってはいたが、元気だ」フィンはソフィーの膝にトレイを置き、ナプキンを広げた。湯気の立つボウルからは、美味《おい》しそうな匂いが立ち上っている。「君のチキンスープだ」

フィンには驚かされることばかりだ。「やっぱり主夫の鑑《かがみ》ね。あなたが作ってくれたの？」

「本当のことを言ったらがっかりされそうだが、レトルト食品を温めただけだ」フィンはソフィーの隣に腰を下ろし、スプーンを手渡した。

手作りでなくても、ここまでしてくれた気遣いが嬉しかった。

「オーガニック素材らしいよ。美味しいかい？」

ソフィーは一口食べてみた。ガーリックとローズマリーが効いた、ほっとする家庭の味だった。「ええ、とても美味しいわ。祖母が作ってくれたスープに似ている」

「うわごとで何回かお祖母《ばあ》さんを呼んでいた」フィンはドレッサーに飾ってあった写真を取り、ソフィーに手渡した。「彼女のことを聞かせてくれ」

「今でも祖母が恋しいわ」この家の裏庭でにっこり微笑む祖母の白黒写真を、ソフィーはそっと撫《な》でた。

胸がきゅっと苦しくなった。病気のせいかもしれないが、今日はことさら祖母が恋しい。祖母になら、フィンのことを相談できただろう。祖母ならきっと、怖がらずに心を開けと言ってくれただろう。

「祖母は私に無条件の愛を教えてくれた」

「きっと君にとって特別な存在だったんだろうな」

「ええ。賢くて、面白くて、強い人だった。両親のせいで私が傷つくのをできるだけ避けようとしてくれた。祖母が私の両親を悪く言うことはなかったけれど、彼女はいつも私の主張に耳を傾け、私の気持ちは正当なものだと思わせてくれた」

フィンはソフィーと指を絡ませると、優しく揺すって先を促した。

「初めて両親が私に会いに来ると約束した日、私はリビングで五時間待ったわ。でも両親は来なかった。次の日も待った。祖母は何も言わず、私に食事を作り、寝かしつけてくれた。とうとう三日めに私は爆発した。〝パパもママも来ないじゃない〟って。祖母は、きっと何か大事な用事ができたのよと言った。〝私は？　私は大事じゃないの？〟と私は叫んだ。祖母は両親に電話をかけ、来るように言った。でも二人は来なかった。そんなことが何度もあったわ。それに、もし来たとしても、両親は数時間もすると帰ってしまった。まるで私といっしょにいてもつまらないと言わんばかりに。そのたびに私は自信を失い、弱くなっていった」

ソフィーは身震いした。両親に受けた一番ひどい仕打ちがそれだった。強く願いさえすれば愛してもらえるという期待を裏切られたことも。

フィンはソフィーの顎に手を添えて上向かせると、まっすぐに視線を絡めてきた。「ソフィー・ハーディング、君はけっして弱くなんかない。君は息子を守ることにかけては向かうところ敵なしの強さを持っている。君は懸命に愛する人だ。それは弱さじゃない。むしろ最高の強さだ」

フィンの表情から、自分もそんなふうに人を愛したいと思っていることが、そしてまた、自分にはそれが不可能だと思っていることが伝わってきた。

フィンは不可能だと思っているかもしれない。でも彼の行動にも、ラキーを見つめるまなざしにも愛があふれている。フィンはすでに人を懸命に愛している。ただ怖くてそれを自分で認められないだけだ。

「君はご両親から受け取れなかったものを、ラキーに与えているんだね」

「その努力をしているわ」

「さあ、食べるんだ」フィンはソフィーにスープを平らげさせると、次にグラス一杯の水を飲ませた。それから並んで横たわり、そっと抱き寄せた。「なかなか目を覚まさないから、心配したよ」フィンの息がソフィーの頬をくすぐった。

「ごめんなさい。よほど疲れていたのね」

「僕とラキーは難局を乗り切ったよ。寝る前のルーティーンはちょっと危うかったが、何とかなった。僕はのみ込みが早いんだ」フィンの視線がソフィーの目を捉えた。彼が微笑むと、全身の細胞が彼にふれてほしくてうずいた。フィンはかがんで、そっとキスしてくれた。欲望のおののきがソフィーの体を駆け抜けた。けれどフィンはすぐに身を引いてしまった。「さあ目を閉じて、もう少し休むといい」

まだ全身がだるかったから、反論する気にはなれなかった。ソフィーは枕に身を預け、フィンがいっしょに寝てくれたらいいのにと思った。誰かがベッドに入ってきて、背中をさすってくれたと思ったのは、願望が見せた夢だったのだろうか。「わかったわ。あなたは?」

「後片づけが残っている」フィンはトレイを手に取った。「座っておしゃべりしていては、主夫の鑑にはなれないからね」

13

次に目を覚ましたとき、あたりは真っ暗で、部屋にはソフィーしかいなかった。本当はもうしばらく寝ていたほうがいいのかもしれない。でも活力が戻ってきた気がして、少し体を動かしたくなった。

忍び足で子ども部屋に行くと、ラキーはぐっすり眠っていた。指先にキスをして息子の額に押し当てる。ソフィーの胸に愛がとめどなくあふれてきた。ラキーは無事だ。フィンのおかげで。

フィンに会ってお礼を言わなければ。

一階のリビングは、常夜灯の淡いオレンジ色の光に照らされていた。フィンはTシャツとスエット生地のハーフパンツ姿でソファで眠っている。彼はずっとここで眠っていたのか。背中を撫《な》でてもらったと思ったのは夢だったのか。

フィンはどうやら一度、自宅に戻ったらしい。一泊用の小さなボストンバッグがあり、松葉杖《まつばづえ》がソファに立てかけられている。義肢は床に転がっていて、けがをした左脚がむき出しだった。心臓が喉もとへせり上がるのを感じながら、ソフィーはそっと近づいていった。フィンが乗り越えられないと思い込んでいるハードルを間近で見たかった。

膝から下が存在しない脚――ただそれだけだった。断端には縫合の痕がうっすら残っていた。美しくはないが、醜くもない。ソフィーは心の奥深くを探ってみた。そこには嫌悪も反感もなく、ただ彼が耐えてきた苦難に深い悲しみを感じるだけだった。

ソフィーがいることに気づいたのか、フィンが身じろいで体を起こした。フィンはすぐさま左脚に手を伸ばし、毛布をかけて隠した。「どうしたんだ、ソフィー？　何かまずいことでも？」

「いいえ」まずいことなど何一つなかった。息子はぐっすり眠っている。ソフィーの体調もよくなった。そしてフィンがここにいる。あとは彼がベッドをともにしてくれさえすれば完璧だ。

「目が覚めたんだな。真夜中なのに」

ソフィーはフィンのそばに膝をつき、脚にも義肢にも目を向けず、まっすぐ彼の顔だけを見つめた。

「ええ、すっかり目が覚めたわ。なんだか何年も眠っていた気がする」

フィンはうなずいた。「正確には、君は金曜日の夜からまるまる三日間眠っていたんだよ」

「まるまる三日ですって？　その間、あなたはずっとここにいてくれたの？」

「もちろんさ。今朝は、僕が君の病欠をクリニックに連絡した。僕も看護休暇を取った。ロスはとても理解があったよ。もっとも、ラキーが僕の息子だと知ってショックを受けていたけれどね」フィンは看護休暇が名誉のしるしとでも言いたげに、誇らしそうな顔で胸を張った。「気分はどうだい？」

「よくなったわ。熱も下がってクールな気分よ」二人の間にわだかまる問題に直面しようと、ソフィーは毛布をはがし、切断された左脚に手をのせた。

「それにほら、ここも格好いい《クール》わよ」

フィンはソフィーの手を押さえつけ、怖い声を出した。「ソフィー――」

「脚ならもう見たわ」

「何だって？」フィンは警戒するように全身をこわばらせた。ソフィーの胸が苦しくなった。フィンは人に近づかれるのを怖がっている。心を開きさえすればいいのに。私を受け入れるだけでいいのに。

〝私の愛を受け入れて〟

どこからともなく、そんな考えが頭に浮かんだ。

だめよ。

彼を愛したりしたら、間違いなく私が傷つく。

こみ上げる涙をこらえ、ソフィーは目をしばたたいた。フィンは寛大で、面白くて、頭がよくて、主夫の鑑《かがみ》だ。どうして愛さずにいられるだろう。

本当は愛したくなかった。でも愛してしまった。

いつになったら私は過去の教訓を生かせるようになるのだろう。どんなに私が愛しても、彼は愛してくれないのに。

フィンはソフィーに心を開かず、自分の不安も傷痕も見せようとはしない。たしかに父親にはなろうとしているが、その大きな一歩を踏み出せるかどうか自信を持てずにいる。

「ただの切断手術の痕じゃないの、フィン。傷痕があっても、あなたの価値は変わらないわ」ソフィーはフィンの胸にてのひらを押し当て、腹のほうへゆっくり指を走らせた。フィンの下半身がこわばるのがわかった。「バスタブにお湯を張ってあるの。あなたもいっしょにどう？」

フィンはもの欲しげに目を光らせたものの、首を横にふった。「いや。君一人で入るといい」

高熱に浮かされていたときと同じように、ソフィーの全身が骨の髄までうずいていた。これを鎮められるのは、フィンの愛撫《あいぶ》とキスだけだ。「いっしょに来て、フィン。私に心を開いて」

ノーは受け付けないとばかりに、ソフィーはフィンの顔を引き寄せ、激しく口づけた。フィンは一瞬ためらったものの、すぐに二人の間で高まる生々しい情熱に身を委ねた。

やがてフィンは顔を離し、まっすぐソフィーの目を見つめながら、甘くけだるいキスを返してきた。

〝私と愛を交わして〟

きれぎれの息継ぎの合間に、ソフィーは何度もそうくり返した。

ソフィーはフィンのTシャツを脱がせ、ぴったりと身を寄せた。体と体、心と心を沿わせるように。

次にフィンが彼女のTシャツを脱がせた。寝込んでいる間、彼が優しく着替えさせてくれたおぼろな記憶がよみがえった。でも今欲しいのは安心感ではない、フィンだ。今すぐ彼と愛を交わしたかった。

フィンの手が胸にふれ、胸の蕾《つぼみ》を吸われた。

ソフィーはこらえきれずに身もだえした。「あなたが欲しいの、フィン。お願い。いっしょに来て」

フィンの答えは言葉というよりうなり声だったが、ソフィーにはそれで十分だった。


フィンには、とてもこれが現実とは思えなかった。少なくとも、こんなことが起きるはずはなかったし、起きるべきでもなかった。

けれど情熱にのみ込まれたフィンに、もはや抗《あらが》う術《すべ》はなかった。バスタブの端に腰かけたフィンの腿の上に、ソフィーが馬乗りになっている。熱い唇が押しつけられ、熱く潤った女性の中心が、焦《じ》らすようにフィンの高ぶりをかすめている。

ほんの少し体勢を変えればソフィーの中に身を埋《うず》められる。今のフィンはそれしか考えられなかった。

ところがソフィーは立ち上がってバスタブに入ると、フィンを泡立つ湯の中に招き入れた。それからボウルに汲《く》んだお湯を、恭しい手つきで彼の頭にかけ始めた。優しく頭をマッサージされると緊張がほどけ、同時にこれ以上ないくらい欲望が高まった。こんなことができるのはソフィーだけだ。

自分も洗ってやろうと伸ばしたフィンの手を、ソフィーは押しとどめた。「これはあなたのためよ。バスタブにもたれかかって」

ソフィーはかがんでキスをしながら、せっけんがついた手をフィンの胸から腹へと滑らせた。次にフィンの顔を見つめながら、ゆっくりと腿をマッサージした。彼女の手が少しずつ傷痕に近づいていく。

期待と恐怖でフィンは胃がよじれそうだった。

思わず身を引こうとするとソフィーが首を横にふり、フィンの左脚を手に取って、膝から切断面に向かってキスを落とし始めた。うっかり動いたらバスタブの中で滑って溺れそうで、フィンは身動きもままならなかった。いや、フィンはすでにソフィーのまなざしに、彼女への欲望に溺れていた。ソフィーが手を止めた。「傷は痛む？」

「少しだけ」今日は立ちっぱなしだったので、切断面は赤くなっている。でもフィンはやるべきことをやったまでだ。ラキーの父としての役割を、そしてソフィーを看病する役割を果たしたのだ。今度は彼女と愛を交わす相手になりたい。

でも傷痕を見たソフィーが嫌悪感を覚えたら？

そう思うと、この先は想像できなかった。

フィンは息を詰めた。生きた心地がせず、とてもソフィーに目を向けられなかった。けれど、でこぼこした傷痕に指を走らせたとき、ソフィーは顔をしかめることもなければ、目をそらすこともなかった。彼女はありのままのフィンを受け入れていた。

ソフィーの目に浮かんでいるのは心からの思いやりと、欲望だけだった。そこにはまた、こんな短期間で育まれるはずのない、何か強い思いが浮かんでいるようにも見えた。

微笑《ほほえ》むソフィーの瞳孔がきらきらと輝いていた。

「キスで痛みを取ってあげられたらいいのに」

そんなに簡単な話ならどれほどいいか。「キスしてくれるなら、もう少し上のほうがいいな」

ソフィーは声をあげて笑った。「わがままね」

「正直なだけさ」フィンも彼女に合わせて笑った。

ソフィーはフィンの脚を持ち上げると、切断面から膝へ、さらに腿へとキスを移していった。その目には貪欲な光が焦らすように踊っている。ソフィーの口が男性の証《あかし》を包み込んだとき、熱い喜悦の波がフィンの体を駆け抜けた。

「ソフィー」あまりの快感にフィンはうめき、彼女の髪に指を絡ませた。「ソフィー」

やめてくれと言うべきだった。けれどその言葉を発することはできなかった。

ソフィーは何度もフィンの高ぶりを口に含んでは強く吸った。白熱した快感が体の奥で渦を巻き、フィンは身をのけぞらせた。

もう限界だった。今にも昇りつめてしまいそうだ。熱く包み込むソフィーの唇。肌をなめらかに焦らす湯の感触。腿に押し当てられるソフィーの胸。

ところがソフィーはそこで身を離し、戸棚から小さな包みを出してせわしない手つきで開いた。「私の中に入って」

「もちろんだ」フィンはソフィーをぴったり抱き寄せた。ソフィーはするりとフィンの上に身を沈め、甘くあえいだかと思うと、腰を激しく上下に動かした。そして鋭い叫びとともに、フィンを道連れにめくるめく高みへ昇りつめた。

フィンはひしとソフィーを抱きしめ、そのまま絶頂の縁へと落ちていった。身も心も何もかもソフィーといっしょに。

フィンがソフィーのベッドで目覚めたのは、夜が明けてからだった。ソフィーはフィンの腕の中でぐっすり眠っている。熱もすっかり下がったようだ。

ソフィーの胸や腹の皮膚には、赤ん坊を身ごもり、授乳した女性ならではの、銀色の細い線がうっすら残っていた。

妊娠中や授乳中のソフィーを見ることができたら、どれほどよかっただろう。今から、失われた時を取り戻さなければならない。

フィンは時計に目をやって微笑んだ。このままでは仕事に遅刻してしまいそうだが、かまうものか。

一日じゅうだって、こうしてソフィーと抱き合っていたかった。

ソフィーが目を開き、眠たげにささやいた。「私たちがよりを戻すなんて、考えたことがあった？」

「夢にも思わなかったな」今の状況は、まさに夢としか思えなかった。いつなんどき目が覚めて、自己嫌悪に襲われないとも限らない。

けれど夢では音も匂いも感じない。手ざわりもわからない。フィンはシルクのようなソフィーの肌に手を滑らせ、円を描きながら腿から上のほうへ徐々に移動させていった。ソフィーは彼の首筋で甘くあえぎ、貪欲に唇を重ねた。雰囲気が盛り上がってきたところで、隣の部屋から泣き声が聞こえた。

「やれやれ。ここまでみたいね」ソフィーは肩をすくめ、身を離した。彼女が自分の欲望と息子の欲求との板挟みになっているのがわかった。だがソフィーが息子を優先するのは間違いない。ソフィーはフィンの腿を撫でると、期待を持たせるような笑みを向けてきた。「またあとで」

それからベッドをするりと抜け出し、ガウンをはおった。

フィンは身を起こし、ベッドの横に脚を垂らした。膝から先がない脚をソフィーに見られたくないのは相変わらずだったが、それでも昨夜、とてつもない変化が起きたことは感じていた。気にしているのは自分だけとわかったからだ。彼女はフィンのすべてが好きだとはっきり伝えてくれた。

何よりフィンは、ソフィーや息子と過ごす一分一秒を無駄にしたくなかった。そのために傷痕を露わにしなければならないのなら、そうするまでだ。フィンはベッドサイドの松葉杖を手に取った。「よければラキーの相手は僕がするよ」

ソフィーはドア口で立ち止まり、思案した。「ありがとう。ラキーを連れて下りてきてくれる？その間にミルクを用意して、ベーコンサンドイッチを作っておくわ。あなたにはずいぶんお世話になったから、今度は私がお礼をする番よ」

「最高だな」なるほどこれが家族なのか。わくわくした気持ちが胸に満ち、体の奥から幸福感が湧き上がってきた。ソフィーのおかげで僕は幸せになった。彼女のおかげで人生がずっとよいものになった。フィンはソフィーに投げキスをした。「もう君には言ったかな、どれほど僕が――」フィンは危ういところで口を閉ざした。〝僕が君を愛しているか〟という言葉がこぼれ落ちる前に。

まさか。

僕は彼女を愛しているのだろうか？

何よりもそうしたい、とは思っている。

でもそれは愚かな考えだ。こういうことは僕には――自分自身しか愛せないフィン・ベアードの身の上には起きないのだから。

「どれほどあなたが――？」ドアノブをつかんだソフィーが問いかけるように眉を上げた。その顔にちらりと不安と切望がよぎった。

フィンは胸が砕けそうだった。差し出せないものを約束することはできない。「ベーコンが大好きかってことを」

「嫌いな人がいるかしら」ソフィーは小さな声で応えると、ちらりと目をそらしてからフィンに目を戻した。「そうそう、ラキーは自分で階段を下りたがるの。あの子が階段に座って一段ずつ滑り下りるのを、下の段に立ってガードしてやって」

「うん。昨日も一昨日も競争したから知ってるよ」

「まったく男ときたら」ソフィーはやれやれと天を仰いだ。「ラキーをお願いね。私は朝食の支度をしてくるわ」

「料理のお手並みを拝見させてもらうよ」

「お楽しみに」そう言ってソフィーは出ていった。

自分がすでにソフィーとラキーを愛しているのかどうか、フィンにはわからなかった。自分には愛されるほどの魅力がなく、誰かを愛する能力もないと思っていた。けれどソフィーがその思い込みを正してくれた。自己本位のうぬぼれに囚《とら》われ、愚かな行いをしたフィンは大きな代償を払うはめになった。それでもなお、ソフィーは彼をラキーの父親として、そして愛を交わす相手として受け入れてくれた。この二人のためなら何でもする覚悟がある。

これは愛に近いのではないだろうか。

フィンは笑顔で子ども部屋に入ると、ラキーがブーツを脱ぐのを手伝った。それから松葉杖で体を支えながらベッドにぐっと寄りかかり、ラキーを抱き上げた。ラキーは寝ぼけ眼でフィンの首にしがみついた。ほんの数日の間に、ラキーとの距離はすっかり縮まっていた。息子と過ごせる年月はまだたくさんあるはずだが、フィンは待ちきれなかった。今すぐすべてが欲しかった。

フィンはラキーを胸に抱き寄せ、ささやいた。

「おはよう、おちびさん。起きる時間だよ」

「フィン」ラキーはにっこり笑って、フィンの胸を指さした。「フィン」

「そう、フィンだよ」

いつの日か〝パパ〟と呼ばれる日が来るだろう。でも今は名前を呼んでもらえるだけで十分だ。

おむつを替えてもらうと、ラキーはまた抱いてくれとばかりにフィンに腕を差し伸べた。フィンは首を横にふり、階段までラキーを歩かせた。「だめだよ、今日も階段は滑って下りよう。ママが朝ご飯を作って待っているぞ。僕は腹ぺこだ」

けれどラキーは階段の一番上の段で地団駄を踏んだ。「フィン、だっこ」

これは困った。僕は父親としてどう対処すべきなんだ？　高圧的に命令する？　冷静に諭す？　子どもの言いなりになる？　子育てとは、こんな自問の連続なのだろう。「さあ座って、ラキー」

「やだ」ラキーはつま先立ちになって、さらに腕をこちらに伸ばしてきた。下唇が震え、大きな涙の粒が頬を伝うのが見えた。「やだ」

「昨日も一昨日も、階段は滑りっこで競争したじゃないか。どうして今日は嫌なんだ？」

訊《たず》ねてみたところで、幼児に筋道だった行動の理由があるはずもない。

フィンはラキーの注文に応じる他なかった。何より、もう一度、息子の匂いを嗅ぎたくてたまらなかった。フィンはラキーを抱き上げ、右の腰で支えた。

「一回だけぎゅうってしたら、お尻で滑って下りようね」わが子に鼻をすり寄せると、こみ上げる思いに胸が苦しくなった。「今から下りるよ、ママ。ベーコンをよろしく」フィンは一階に向かって言った。

「フィン！」さっきまで泣いていたラキーがフィンの顔に手を押し当て、声をあげて笑った。

信じられない。なんてかわいいんだろう。間違いなくラキーは人の琴線にふれる方法を知っている。

「よし、じゃあ階段に座るぞ」けれど下ろそうとフィンがかがんだ拍子に、ラキーはもがいてフィンの首にしがみつき、肩の上までよじ登った。「いったい何を――」

バランスを崩したフィンは体をねじり、階段の一番上の段に足を踏ん張ろうとした。

存在しない足を。

踏ん張れなかった。

違う。足を踏ん張るのではなく、ラキーを抱きかかえるんだ。この子を守るために。

そしてフィンは再び、何もない空《くう》を落ちていった。

14

どすんという嫌な音が聞こえて、ソフィーは階段へ急いだ。苦しそうなうめき声に、動悸《どうき》が速くなる。

「フィン？　ラキー？　どうしたの？」

見たくなかったし、知りたくなかった。肺の中で空気が止まったようで、息ができなかった。

階段の中ほどに息子が座っているのを見て、安堵《あんど》のあまり全身の力が抜けた。ラキーは目に涙を浮かべて唇を震わせていたが、けがをしている様子はない。けれど、階段の下でうつ伏せに倒れ、頭と肩が変な角度になっているフィンを見たとたん、ソフィーは再びパニックに襲われた。

どちらを先に助けたらいいの？

くぐもってはいるが断固としたフィンの声が、代わりに決めてくれた。「ラキーは大丈夫か？」

「ラキーならびっくりはしているみたいだけど大丈夫。何があったの？」

フィンはゆっくりと立ち上がり、うめきながら肩を前後に動かした。何が起きたのか、自分の口から言いたくないらしい。

「階段から落ちたの？」

フィンは再びうめきながら腕を伸ばし、ラキーの全身を手でさわってチェックした。「痛いところはないかい？　本当にごめんよ」

フィンにラキーを任せるべきではなかった。でもソフィーが寝込んでいる間は、二人きりで大丈夫だったはずなのに。いったい何が起きたのだろう？

ソフィーはさっきより強い口調で訊《たず》ねた。「そういうあなたは大丈夫なの？」

「死んではいない。大丈夫だ」

「大丈夫には見えないわ。どこが痛いのか教えて」

フィンは取り合わず、ソフィーに背を向けて左脚をチェックし始めた。

「フィン、こっちを見て。ただの事故じゃないの」

フィンは無言のままだった。

ソフィーはフィンの肩に手を置いた。「フィン、私と話をして」

「僕がいけなかったんだ」ようやくフィンがうつろな目でソフィーをふり返った。「ラキーを連れていって、何か食べさせてやってくれ」

「でも――」ソフィーは言葉を切った。フィンは怒っていて傷ついている。今はどんな慰めの言葉も、彼の心には届かないだろう。ソフィーは息子を抱き上げるとぎゅっと抱きしめ、その顔にキスをした。

「せめて何が起きたかだけでも聞かせて」

フィンは長々とため息をついて首を横にふった。

「ラキーを連れていってくれ。僕もすぐに行く」

けれどフィンは来なかった。とうとうソフィーはあきらめて、ラキーに朝食を食べさせ、自分も二口ほど無理やりお腹《なか》に詰め込んだ。それからラキーの身支度を調え、仕事に行く準備をした。

ラキーをベビーカーに乗せているときに、バッグのファスナーを閉じる音が聞こえてきて、ソフィーはぎくりとした。フィンが帰ろうとしている。

もちろん彼は帰るだろう。私を看病するために来ただけなのだから。それなのに私は、勝手に期待をふくらませてしまったのだ。

おそるおそるリビングに戻ると、ソファに座っていたフィンがソフィーの姿を見て立ち上がった。

「あっという間のできごとだった。ラキーは僕に、だっこして二階に連れていってもらいたがった。でも僕は拒み、階段の一番上にラキーを下ろそうとした。あの子があんなふうにもがいて、しがみついてくるとは思いもしなかった。そもそも、あんなところでラキーを抱いた僕が馬鹿だった。場合によっては、あの子の命も危なかったかもしれないのに」

「でも、二人とも無事だったわ」

「僕は階段の下り方は教わった。転び方も教わった。でも、子どもを抱いて階段を下りる方法は教わらなかった」フィンは言葉を切り、首をふった。「僕には無理だ」

刺すように胸が痛んだ。想像したくはなかったけれど、話の行く先の見当がついた。「よくあることよ、フィン。すべてを予測するのは不可能だわ」

「本当に？　僕は自分の動きに制約があるのを知っていた。バランスを失いやすいこともわかっていた。それなのに、僕はラキーを抱いた。なぜなら僕がそうしたかったからだ。あの子の重みをじかに感じたかった」フィンの瞳が絶望で暗くくすぶった。「問題は僕の脚にあるんじゃない。僕が自分の欲求を優先したことにあるんだ」

「あれはただの事故よ」

「僕はこんなことをしてはいけなかったんだ」

この数週間ソフィーが感じていた幸せがぼろぼろと崩れ始めた。私はなんと愚かだったのだろう。愛する人が見つかり、その相手が愛を返してくれると信じていたなんて。フィンがここに留《とど》まってくれると期待したなんて。

フィンはソフィーに背を向けてバッグを手に取った。「ここは僕がいったん退くのが一番いいと思う。僕たちは先を急ぎすぎたんだ。ひょっとしたら、僕はもう直接関わらないほうがいいのかもしれない。もちろん、君たちの生活には遠くから気を配る」

「本気なの？　一度の失敗で逃げるつもり？」

「二度めの失敗があれば、もっとひどい結果になるかもしれない」

「対策を考えて、気をつければいいだけよ」

私はどうなるの？　ソフィーは声を大にして叫び

たかった。あなたは私のためにここに残ってくれないの？　私のために努力してはくれないの？

「君が言ったとおりだった。僕は君たちのそばに長くはいられない。あの子を傷つけてしまう恐れがある」フィンはソフィーに近づくと、彼女の頬をてのひらで包んだ。「君はすばらしい女性だ。頭がよくて、美しくて、冗談が通じる」

「同じ言葉をあなたにお返しするわ、フィン・ベアード」愛していると告げたかった。けれど口先まで出かかった言葉は、ひらひらと舞う蝶《ちょう》のように唇から離れようとはしなかった。その言葉を口にして、フィンに踏み潰される危険は冒したくなかった。

でも、こちらを見下ろすフィンの目には愛が輝いていた。フィンはただ怖くて逃げているだけだ。どれほど彼が偽りの真実を自分に言い聞かせたところで、心の奥底で私を愛しているのは間違いない。

「最初から君の言うことを聞いて、関わらなければよかったんだ」

「そんなことはないわ」フィンの手が頬から離れないよう、ソフィーは彼の手首をつかんだ。「あなたは最初に私が思っていた人とは、ずいぶん違っていたもの」

フィンは首を横にふった。「夢のようだったよ。僕たち三人が家族になったすてきな夢だ。でも夢は夢でしかない。現実とは違う。失敗する理由がいくつもあるのに、上手くいくふりをするのはやめよう。僕は君たちのそばにいないほうがいいんだ」

胸の痛みが強くなった。「あなたは動揺しているだけよ。あなたはただ――」

「こうするのが一番いいんだ」

フィンは自分の信念を通し、自分が正しいと思うことを強行しようとしている。家族を心から大事に思えばこそなのはわかる。けれど、息子を傷つけまいとする一方で、フィンはソフィーの胸を引き裂いているのだ。「フィン――」

「ママ！」ラキーの声でソフィーはわれに返った。

すぐに母性本能のスイッチが入る。私は傷心を抱いたままでも生きていけるが、ラキーに悲しい思いをさせるわけにはいかない。「いいこと、フィン？　今ここを出ていったらそれで終わりよ。これ以上ラキーの生活に関わることはできないわ。ここに留まるか出ていくか、二つに一つよ。わかった？」

「本当にすまない」フィンはバッグを取り、玄関に向かって歩き出した。

「本当に出ていくつもり？　私やラキーを傷つけて、あなたはそれで平気なの？」ソフィーは息子を指さした。ラキーは目の前で起きていることには、まったく気を留めていない様子だった。けれど、今はそうでも、いずれ父親が欲しくてたまらなくなる日が来るに違いない。

フィンは戸口で立ち止まった。「僕は人生で初めて責任を担おうとしているんだ」

「家族はお互いに協力して問題に取り組むものよ。何か一つ問題が起きたからといって、ばらばらになるものじゃないわ」

フィンは肩をすくめた。「僕は当てにならない」

「まったくそのとおりだわ」怒りが傷心を押しのけ、思わずソフィーは言い返した。けれどその怒りは愛に縁取られていた。たとえフィンの信念には腹が立って仕方がなくても、信念を貫こうとするフィンが愛《いと》しくてならなかった。

ソフィーは拳を固め、フィンが出ていくのを見送った。彼のあとを追ったり、行かないでくれとすがったりはしなかった。喉が詰まって、言葉を発することもままならなかったからだ。

フィンは私を愛している。それは間違いない。ただ、愛したくはないだけだ。もうこりごりだ。私を愛してくれない人を愛するのは。

どうしてフィンを信じてしまったのだろう。なぜ私たちの生活に、そして私やラキーの心の中にフィンを招き入れてしまったのだろう。私は愚かだった。フィンが私と同じものを求めていると考えるなんて。彼を愛してしまうなんて。

ソフィーはこぼれる涙を見せまいと、ラキーを抱きしめた。「私たちなら大丈夫よ、おちびさん」

これからも今までどおり二人で暮らしていけばいい。その二人暮らしは絶対にすばらしいものにしてみせる。けれど、そこには必ずフィンの幻が見え隠れするに違いない。

そしてその幻は私の心を引き裂くだろう。

「恋に落ちろとは言ったが、階段から落ちろとは言っていないぞ」

「冗談はやめてくれ。余計に気分が悪くなる」なぜ兄に電話などかけてしまったのだろう？　フィンはこめかみを揉《も》み、激しい雨に洗われるフロントガラスごしに病院の駐車場を見つめた。

「でも二人とも無事だったんだろう？　傷ついたのはおまえの自尊心だけで」

「たしかに体は無事だったよ」

「階段から落ちたとき、おまえは身を挺《てい》してラキーがけがするのを防いだ、そういうことだな？」

「まあそうだ」フィンが体をねじって落下の衝撃を肩と左脚で受け止めたことで、ラキーは階段の中ほどに軟着陸できた。「レントゲンを撮ってもらったが、幸い打ち身だけですんだ。時間が経《た》てば、そしてウイスキーでも飲めば治る程度のけがだ」

でも胸にのしかかる重苦しさは違う。この痛みはどれほど時間が経っても治らないし、酒もいっときの慰めにしかならないだろう。

ラキーのことは、呼吸をするくらい自然に愛することができた。これからもフィンは、息子の人生に関わるつもりでいたし、法的にもそうできるはずだった。ラキーとは血を分けた父子なのだから。

　胸が痛む本当の理由はソフィーだった。彼女の家を出てから三時間しか経っていないのに、後悔しか感じない。別れさえすれば気持ちがすっきりすると思ったのに、気分は悪くなる一方だ。

　フィンは誰よりもソフィーを愛していた。でも自分のせいでソフィーが苦悶《くもん》の表情を浮かべたり、涙をこらえたり、パニックになったりするのは耐えられない。さっきのようなことは二度とごめんだ。

　ソフィーが旅行に行けなかったのもフィンのせいだし、シングルマザーとしてフルタイムで働かなければいけないのもフィンのせいだ。これ以上ソフィーにつらい思いはさせたくない。

　兄は電話の向こうで話し続けていた。「結局のところ、おまえはラキーを守ったんだ」

「もうやめてくれ。そもそも僕が悪かったんだ」

「子どもは思いもかけないことをするものだ。子どもを守るのが大人の努めとはいえ、何かが起きるときには起きる。よくあることだ」

　よくあること。ソフィーもそう言っていた。「でも僕の周りでは、何かが起きやすい気がする」

　兄の目が鋭く細められた。「他に何があった？　あの山の事故のことは言うなよ。あれは予測できないあれこれが絡み合って起きた事故なんだから」

「僕は尾根を踏み外すべきじゃなかった」

「僕もおまえを追いつめるべきじゃなかった。おまえが悩んでいるのはわかっていたのに」カルムは赤ん坊の娘に向けるような優しい笑みで弟を見た。

「おまえは自分に厳しすぎる。自分ばかり責めるのをやめて、自分がどれほどのことを成し遂げたかを考えるべきだ。おまえは大けがを克服しただけじゃない。フルタイムで働いている。わが身を犠牲にして、息子を守った。ソフィーを傷つけたくなくて身を退いた」

「他にどうしたらいいか、わからなかっただけだ」

「なぜだ？」

「僕が自分勝手な愚か者だからだ」

カルムはうなずいた。「母さんのことも、自分が悪かったと思っているんだろう」

「どうしてわかったんだ？」

「わかるさ。おまえの兄貴なんだから」

もしフィンが自分のことばかり考えていなければ、ラキーには甘やかしてくれる祖母がいたはずだった。今こそ打ち明けなければいけない。そうすれば兄も、フィンがソフィーたちと距離を置いた理由をわかってくれるだろう。「母さんが亡くなったのは僕のせいなんだ。家を訪ねると言ったのに、僕がいつまでも姿を見せなかったから、母さんは心配のあまり心臓発作を起こしたに違いない」

カルムは頭をふり、顎をさすった。「実を言うと、母さんは少し前から小さな発作を何度も起こしていたんだ。医者の話では、大きな発作が起きるのは時間の問題だったらしい。もう薬では血圧をコントロールできない状態になっていた。でも母さんは僕に、おまえには言うなと頼んだ。おまえが試合に出場するチャンスを奪いたくないからと言って」

「ちょっと待ってくれ。母さんは前から心臓が悪かったのか？ そして兄さんは、それを僕に黙っていたと？」母の病気を知らされていたら、フィンは間違いなく実家に帰っていただろう。もし母が亡くなっていなければ、自責の念に駆られることもなかっただろうし、その結果ラグビーの成績が落ちることも、ソフィーと出会うこともなかっただろう。

「すまない。おまえがそこまで自分を責めるとは思わなかったんだ。フィン、おまえには人を愛する無限の能力がある。あとは自分を信じるだけだ」カルムは身を乗り出し、まっすぐにフィンの目を見つめた。「ソフィーを愛しているんだろう?」

フィンは即答した。「もちろんだ」

「彼女と人生をともにしたいと思うか?」兄はいったん言葉を切り、こうつけ加えた。「できない言い訳は聞きたくない。したいか、したくないかだけを答えてくれ」

今度もフィンは即答した。「もちろんしたい」

「それなら彼女のところに戻って謝るんだ。そしておまえの気持ちを伝えろ。できないのなら、僕が代わりに言いに行ってやってもいい」

「僕は一人前の大人だ。いつになったら僕をちびの弟ではなく対等な相手として扱ってくれるんだ?」

「そんな日は来るもんか。だからあきらめろ」

どうやらここはあきらめるしかなさそうだ。とにかく今はソフィーのところに急ぐのが先だ。

もう何百回めになるか、ソフィーは携帯電話をたしかめた。メールもなければ着信もなかった。

ソフィーは携帯電話をソファに放り、テレビをつけた。面白そうな番組はやっていなかった。

ソフィーは再び携帯電話を手に取り、電話をかけた。「ハンナ。ええ、私は元気よ。実は……ちょっと気を紛らしたいの。先週の土曜日にあった、女だけの飲み会の話を聞かせてくれない?」

ハンナは咳払《せきばら》いした。「相談に乗ってほしいのね? フィンから電話はあった?」親友のいいところは、失恋の話に何度でも耳を傾けてくれることだ。

「いいえ。電話もメールもないわ」フィンは今朝出ていったばかりなのだ。お互いに考えをまとめるには早すぎる。それでも彼に会いたくて胸がうずいた。この痛みが消えるにはずいぶん時間がかかるだろう。

「もし私が彼に会うことがあったら、個人的に罵ってもいい?」

ソフィーは微笑《ほほえ》んだ。自分を気遣ってくれる人がいると思うだけで元気が出た。「ええ、好きなだけやってちょうだい」

玄関のドアが鋭くノックされて、ソフィーは飛び上がるほどびっくりした。「誰か来たみたい」

「フィンなの？」ハンナが荒い息を吐いた。「私が罵れるように電話を替わってちょうだい」

ソフィーは重い足で玄関に向かった。昨夜フィンと悦《よろこ》びを分かち合った後遺症で体が痛んだが、この痛みはずっと消えてほしくなかった。「きっとセールスよ」そう言いながらソフィーはドアを開けた。

そこにはずぶ濡《ぬ》れの髪を頭に貼りつかせたフィンが立っていた。雨が頬や鼻を伝い落ちている。フィンの目には固い決意が、そしてソフィーに対するあまたの思いが輝いていた。愛。恐れ。情熱。

「ようやくベアード家の髪を抑える方法を見つけたの？」

フィンは濡れた髪をかき上げた。「君のそばでは、どんなものだって抑えたくはない」

どういう意味だろう？　期待は抱くなとソフィーは自分を戒めた。「何か忘れものでもあった？」

「ねえ、私が彼と話してもいい？」スピーカーホンになっていた電話からハンナの声が大きく響いた。

フィンがソフィーの手から携帯電話を取った。

「フィンだ」

「あなたがソフィーを傷つけたのはこれで二回めよ。こんなにすてきで優しい女性は、あなたなんかにはもったいないわ」

「君の言うとおりだ。そうそう、〝セクシー〟を忘れないでくれ。ソフィーはセクシーで頭がよくて冗談が通じる女性だ。そして僕は彼女を愛している」

「ごめんなさい、ハンナ。もう切るわね」今、フィンは何と言ったの？　ソフィーは電話を切り、フィンを家の中に入れた。本当はもう少し雨の中に放置しても文句を言われる筋合いはないと思いながら。

そしてハンナに倣って、怒りをフィンにぶつけた。

「心にもないことを言わないで」

「今のはすべて僕の本心だ」フィンはソフィーの手を取った。「君を傷つけてしまって申し訳なかった。やっと気がついたんだ、君のもとを去ることで、僕が状況をさらに悪くしてしまったことに。問題は僕の脚じゃない。僕が自分自身を、そして君への愛を信じられないことだった。大事なのは君たち二人を最優先することだったのに」

「ええ、そうね」

「君のもとを去ったとき、僕は自分のことしか考えていなかった。本当ならここに残って、君と問題を解決するべきだったのに。僕は自分勝手だった。助けを求めず酒に逃げたビリーと同じだ」

「でも、気分しだいで私たちの生活に出たり入ったりされても困るわ。ここに留まる以上、きちんと覚悟を固めてもらわないと」

「わかっている」雨に濡れて冷えたのか、フィンは震える手でソフィーの髪を撫《な》でた。こちらを見つめる優しいまなざしに、彼の愛をひしひしと感じる。

「子どもだった君に待ちぼうけを食わせて泣かせた、ご両親のような人間に僕はなりたくない」

「でも、あなたも同じことをしたじゃないの」

フィンは目を閉じて、息を吸った。「ときどき何もかもに圧倒されそうになるんだ。君。ラキー。父親になること。脚を失ったこと。そのすべてにのみ込まれて、道を見失ってしまった。本当にすまなかった。もう二度と道に迷ったりしない。僕の錨《いかり》であり、僕のすべてである君のそばを離れたくない」

ソフィーの胸で希望が花開いた。フィンは私のことも、自分自身のことも理解してくれた。これで前に進むことができる。愛し合うことができる。フィンに腕を回して抱きつくと、心臓の拍動と、彼の力強さが伝わってきた。この力は何度も試練にさらされるたび、フィンが自分の中から引き出してきたものだ。「もしまた道に迷いそうになったら私に言って。道を見つけるのを私に手伝わせて。だって私たちはチームだから。いつかきっと、私のほうがあなたに支えてもらう日も来るはずよ」

「いつでも喜んでお手伝いするよ。僕は君やラキーとはもう一日だって離れたくない」フィンはポケットから小さな箱を取り出して、ひざまずいた。優雅な動きとはいえなかったが、フィン流の美しい姿勢だった。「ソフィー、僕を許してくれるかい？　君を愛している。僕と結婚して家族になってほしい」

涙で目がちくちくした。ソフィーに見えるのは、彼女の心と魂を虜《とりこ》にした男性――彼女の世界を幸せで完璧にしてくれるフィンの姿と、二人の愛を象徴する美しい指輪だけだった。「ええ、もちろんよ。私もあなたを愛しているわ」

フィンは立ち上がり、いきなりソフィーを抱きしめたかと思うと唇を重ねてきた。これでフィンの世界も完璧になったと言わんばかりに。やがてフィンは荒い息を吐きながら身を離した。「僕にとって何が一番悲しかったかわかるかい？」

「わからないわ」

「僕にもっと意気地があれば、君やラキーをもっと長く愛せたことだ」

「今日は、残りの人生の最初の一日よ。だから、これから前以上に熱く愛し合えばいいわ」ソフィーはフィンの濡れたシャツをスラックスから引き抜いた。そのとたん、フィンの口角が嬉《うれ》しそうに上がった。「風邪を引きたくなければ、濡れた服は大急ぎで脱ぐべきね」

フィンが再びキスをした。何度も何度も。「君がそこまで言うのなら、喜んでお言葉に甘えよう」

エピローグ

一年後

「パパ！　パパ！　早く来て！　大きなおふねがいるよ！」ワカティプ湖に浮かぶ大きな蒸気船を見せようと、湖畔を駆け戻ってきたラキーがフィンの手をつかんで引っ張った。爽やかな夏のそよ風が、ラキーの巻き毛を乱している。

〝パパ〟。いつ聞いても、この言葉は新鮮だった。フィンは息子を抱き上げると、青い湖と蒸気船がもっとよく見えるように肩の上に担ぎ上げた。「ほら、見てごらん。あそこにカモもいる」

「おい、気をつけろよ」カルムがいかにも兄貴ぶって顔をしかめ、ラキーの背に手をあてがった。「こんなことをして大丈夫なのか？」

フィンはいらだちをのみ込んだ。ニュージーランドで過ごせる時間は限られている。こんなところで古い議論を蒸し返したくはない。「大丈夫さ。僕たちは肩車をきわめたからね。そうだろう、ラキー？」

「うん、パパ。ぼく、じっとしてなくちゃいけないんだよね」ラキーの足がぶらぶら揺れてぶつかるたび、フィンの胸に愛が伝わってくる。「ぼくとパパはチームだから、上手くいくんだ」

「おまえが身を固める日が来るとは思わなかったよ、フィン。おまえには驚かされることばかりだ」カルムの手がラキーの背中から離れ、フィンの肩をがっしりとつかんだ。思わずフィンの胸が熱くなった。

「そろそろ、おまえの人生にあれこれ口を出すのはやめることにするよ。おまえはもう一人前だ」カルムは笑った。「もっとも、僕の助けが要るときは遠慮なく言ってくれ」

「わかってるよ」フィンはため息をついた。「でも、ありがとう。兄さんは最高の父親代わりだった」カルムには借りがたくさんある。その借りは、一度ニュージーランドを訪れたくらいでは、とても返せないだろう。

ラキーがフィンの髪を引っ張って、くすくす笑った。「ねえ、ママはどこ？」

フィンはふり返った。ソフィーはカルムの妻アビーと二人で、間にはさんだ幼いグレースをぶらんこのように揺すりながら歩いていた。ソフィーは目を上げ、フィンの視線に気づいて小さく手をふった。そして口だけ動かして〝ありがとう〟と言った。

フィンは足取りを緩めて妻を待った。「ありがとうって、何のお礼だい？」

「私をニュージーランドに連れてきてくれて。旅行に行きたいという私の夢を叶《かな》えてくれて。私を愛してくれて」ソフィーはフィンに身を寄せた。「大変な時期になる前に」

フィンはソフィーのお腹《なか》にそっと手を当てた。ここに今、新しい命が宿っている。これほどの幸運が自分に巡ってくるとは信じられなかった。「君といっしょなら、人生はけっして大変じゃないよ。どれほど僕が君を愛しているか、もう言ったかな？」

「ええ。毎日のように。何万回も」ソフィーはつま先立ちになって、フィンにキスをした。「これからも聞かせて」

「もちろんさ」そしてソフィーにちゃんと伝わるよう、フィンはあらためて愛を告げた。

ハーレクイン®

愛し子がつなぐ再会愛
2024年8月5日発行

著　　者　ルイーザ・ジョージ
訳　　者　神鳥奈穂子（かみとり　なほこ）

発 行 人　鈴木幸辰
発 行 所　株式会社ハーパーコリンズ・ジャパン
東京都千代田区大手町 1-5-1
電話 04-2951-2000（注文）
0570-008091（読者ｻｰﾋﾞｽ係）

印刷・製本　大日本印刷株式会社
東京都新宿区市谷加賀町 1-1-1

表紙写真　© Shsphotography | Dreamstime.com

ISBN978-4-596-63909-7 C0297

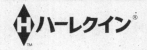

◆◆◆◆ ハーレクイン・シリーズ 8月5日刊 発売中

ハーレクイン・ロマンス

愛の激しさを知る

コウノトリが来ない結婚　ダニー・コリンズ／久保奈緒実 訳　R-3893

ホテル王と秘密のメイド　ハイディ・ライス／加納亜依 訳　R-3894
《純潔のシンデレラ》

ときめきの丘で　ベティ・ニールズ／駒月雅子 訳　R-3895
《伝説の名作選》

脅迫された花嫁　ジャクリーン・バード／漆原　麗 訳　R-3896
《伝説の名作選》

ハーレクイン・イマージュ

ピュアな思いに満たされる

愛し子がつなぐ再会愛　ルイーザ・ジョージ／神鳥奈穂子 訳　I-2813

絆のプリンセス　メリッサ・マクローン／山野紗織 訳　I-2814
《至福の名作選》

ハーレクイン・マスターピース

世界に愛された作家たち
～永久不滅の銘作コレクション～

心まで奪われて　ペニー・ジョーダン／茅野久枝 訳　MP-99
《特選ペニー・ジョーダン》

ハーレクイン・ヒストリカル・スペシャル

華やかなりし時代へ誘う

ハイランダーの秘密の跡継ぎ　ジェニーン・エングラート／琴葉かいら 訳　PHS-332

伯爵に拾われた娘　ヘレン・ディクソン／杉本ユミ 訳　PHS-333

ハーレクイン・プレゼンツ作家シリーズ別冊

魅惑のテーマが光る
極上セレクション

炎のメモリー　シャロン・サラ／小川孝江 訳　PB-390

※予告なく発売日・刊行タイトルが変更になる場合がございます。ご了承ください。